잘하고 싶어서 애쓰는 너에게

한예지

채륜서

서문

저의 삶은 그랬습니다. 넘어지고, 무릎이 까지고, 마음이 부서지고, 웅덩이에 잠겨 헤어 나오지 못했습니다. 하지만, 아픈 순간들만 있는 건 아니었습니다. 속이 상할 정도로 힘겨운 순간들이 지나면 항상 고통의 끝은 환희가 따랐고, 행복이 찾아오기도 했습니다. 편안하고 안전한 삶을 꿈꿨지만, 삶을 겪어 내 보니 편안하고 안전하기만 한 삶은 없는 듯 보였습니다. 이제는 넘어지기도 하고, 무너지기도 하는 그 모든 순간들이 내 삶을 알맞게 가꿔 나가기 위해 단단해지는 과정이라는 것을 압니다. 삶이 힘겨워도 살아가고자 하는 마음을 품고, 작고, 큰 모든 것들에 의미를 부여하고 살아가는 것이 진정 나를 위한 일이라는 것을 압니다.

잘하고 싶어서 애쓰는 너에게

혼자로 존재하며 고독을 견뎌 냈던 시간들과, 관계 속에서 상처받고 치유받았던 모든 순간들, 삶을 사랑하게 해 주었던 크고 작은 시선들을 한 뭉텅이 덜어 냈습니다. 방황하며 갈피를 못 잡고 괴로워하는 마음에게, 관계 속에서 위로받지 못해 상처를 끌어안고 있는 마음에게, 삶이란 거대한 숙제 앞에 의욕을 잃어버린 당신에게 조금이나마 위안이 되었으면 하고 바랍니다. 책을 읽고, 한 장을 넘길 때마다 나 자신이 애틋해지기를 바랍니다. 울고, 웃고, 위로받는 시간 되시길.

차례

1장   응원: 있는 그대로 지금을, 나를

2장   인연: 마음과 삶을 내어 주는

3장   기억: 살게 하는, 사랑하게 하는

1장 응원: 있는 그대로 지금을, 나를

나는 나와 잘 지내고 싶어요

나는 나와 잘 지내고 싶어요. 마음이 쉬어야 할 순간에 쉼을 느끼게 해 주고 싶고, 도전하고 싶은 것이 있다면 마음껏 도전해 보라고 응원해 주고 싶어요. 가끔 세상의 무게가 너무나도 선명히 느껴져 주저앉고 싶은 순간이 찾아오면 하염없이 무너져도 된다며 지쳐 있는 나의 마음을 안아 주고 싶고요. 한바탕 울음이 쏟아져 마음이 허한 날에는 나에게 맛있는 한 끼를 선물해 주며 "괜찮아. 오늘은 그저 이런 날이 찾아왔을 뿐이야. 또다시 웃으며 세상을 바라볼 날이 분명 찾아올 테니 걱정 마."라며 다독여 주고 싶어요. 울음으로 흠뻑 젖어 있지만 나에겐 다시 일어날 힘이 있다는 걸, 누구보다 나 스스로가 나를 응원한다는 걸 나에게 알려 주고 싶어서 말이에요. 종종 다른 이들을 바라보며 나는 왜 아직도

철이 없을까라는 생각을 하는 날이 찾아오면, 그 순간을 넘기지 않고 나에게 말해 줄 거예요. 철없이 세상을 바라볼 줄도 알아야 미소를 잃지 않으며 살아갈 수 있다고, 다른 사람의 인생이 아닌 나의 인생에서 의미를 찾고 살아갈 줄 안다면 그것으로 되었다고, 앞으로도 마음껏 철없이 살아가도 괜찮다고, 다른 누군가가 아닌 나 스스로가 나를 믿어 주는 게 가장 중요하다고 말이에요. 그렇게 구불구불하고 가파른 인생길 속에서 나에게 둘도 없는 친구가 되어 줄 거예요. 나는 누구보다 나와 잘 지내고 싶어요.

길잡이가 되어 준 단어 1

글을 쓰고 있을 줄은 상상도 하지 못했던 시절부터 지금까지 마음에 새긴 채 살아가고 있는 단어다. "카르페디엠" 현재 이 순간에 충실하라는 뜻의 라틴어. 다른 해석으로는 "지금 이 순간을 즐겨라."라는 뜻을 가지고 있다. 예기치 못한 시련 앞에 주저앉았던 순간도, 이겨 내야 하는 것들 투성이인 세상 앞에 지레 겁먹고 뒷걸음질 쳤던 순간도 전부 이 단어와 함께했다. 23살. 첫 직장이었던 세무 법인을 박차고 나왔다. 밤낮없이 눈과 귀를 닫고 기계처럼 일하던 어느 날, 친한 친구의 한 마디가 넋 잃고 살아가던 나의 정신을 깨워 주었다.

세무 법인 재직 당시, 제시간에 끝내지 못할 업무량을 배정받았다. 그로 인해 대부분의 날을 오전 9시출근, 오후 10시 퇴근으로 개인의 여가시간은 사치가 되어 버린 삶을 살았다. 물론 주말에도 회사에 나가 일을 했다. 당시 나의 머릿속에는 내 손에 쥐어진 일을 전부 해내지 못하면 세상에 지고 말 것이라는 집념 하나만이 존재하고 있었다. 그리 바쁘게 지내던 어느 날, 오랜만에 휴일이 찾아왔다. 친구를 집에 초대해 그간 나누지 못한 서로의 이야기를 한참 동안 나누었다. 오랜만에 느껴 보는 쉼이었고, 오랜만에 지어 보는 미소였다. 며칠이 지났을까. 친구에게 전화가 왔다. 그때 들은 말이다. "사실.. 나 놀랐어. 너 얼굴이 많이 상해 있더라. 요즘 괜찮아?" 몇 년이 지난 일인데도 아직 선명하다. 친구가 건넨 말을 듣고 망치로 머리를 쾅 하고 맞은 것마냥 멍해졌다. 분명 내겐 오랜만에 맞이한 행복이었는데, 친구의 눈에는 나의 힘듦이 더 선명해 보였다니 말이다. 맞다. 사실 알고 있었다. 아침에 일어나 거울을 바라봤을 때 힘들어 보이는 나의 모습을, 눈을 뜨고 잠에 드는 순간까지 무표정한 얼굴로 살아가고 있는 나의 모습을 나는 알고 있었다. 걱정 담긴 친구의 한 마디가 그간 외면했던 힘듦을 마주하게 해 주었다. 그날 밤 나는

다짐했다. 내가 이런 삶을 살아가게 내버려 두지 않겠
다고 말이다.

길잡이가 되어 준 단어 2

다니던 회사를 나와 진정 내가 하고 싶은 일을 찾아보겠다며 다른 회사에 계약직으로 들어갔다. 낮 시간에는 회사에서 회계 업무를, 퇴근 후에는 배움을 좇아 학원으로 향했다. 도전해 보고 싶다 생각했던 일들을 직접 배워 보고 살로 느껴 보는 시간을 세 차례 정도 반복했을까. 세상은 그리 호락호락하지 않았다. 나와 결이 맞을 것 같다 생각했던 일들은 나와 맞지 않았고, 실패와 좌절의 과정을 반복할 때마다 나는 점점 지쳐 갔다. 7년간 공부한 회계를 왜 그만두냐며 강한 반대의 의사를 내비친 엄마와의 대치도 한몫했지만, 부모님의 뜻으로 다시 회계를 선택한다면 남은 일생을 원망 속에서 살아갈 것 같아 더욱이 나의 길을 포기할 수 없었다. 많이 울고, 자책하며 보낸 나날들이었다.

그 길 속에서 나와 계속 함께해 주었던 말이 바로 "카르페디엠"이다. 찾아가는 과정 속에서 성장하는 나에게 의미를 부여하게 해 준 것도, 강한 반대의 의사 속 대치하며 나의 길을 나아갈 수 있게 만들어 주었던 것도, 실패와 좌절의 반복 속에서 포기하지 않고 끝까지 도전하게 만들어 주었던 것도 모두 "카르페디엠"이었다. 즐길 수 없을 것 같은 상황 속에서도 모든 과정을 당연히 밟아야 할 길과 성장의 길이라 여기게 해 주고 즐겨 보자 생각하게 해 준 단어. 이 단어와 함께한 작은 나날들이 모여 글을 쓰고 있는 지금의 나에게 닿았다. 불확실 속에 힘을 내게 해 준 단어가 기어코 내가 원하는 것을 찾게 해 준 것이다. 나는 지금껏 그래 왔듯, 앞으로도 이 작은 단어의 힘을 굳게 믿고 어떤 역경을 마주하더라도 그 속에서 되도록 삶을 즐기며 나아가 볼 것이다. 마음속 소중히 품고 있는 이 단어가 또다시 내 삶의 나침판이 되어 내가 있어야 할 곳으로 나를 데려다줄 것이 분명하니 말이다.

이 글을 보고 있는 당신도 마음속에 함께하는

신념과 단어가 있다면 그 뜻의 힘을 믿고 나아가 보았으면 좋겠다. 내게 그랬듯 당신에게도 분명 든든한 길잡이가 되어 줄 것이다.

나의 존재가 작고 초라해 보이는 순간

살다 보면 불현듯 나의 존재가 작고 초라해 보이는 순간이 찾아온다. 곁에 있는 이들이 걷는 길보다 나의 길이 더 가파른 것 같고, 큰 힘들이지 않고 언덕을 오르고 내리며 자신의 삶을 개척해 나가는 이들과는 다르게 힘을 내지 못하는 나 자신이 한없이 작아 보이는 순간 말이다. 마치, 넓은 세상에 홀로 움직이는 법을 까먹은 방랑아인 듯 보인다. 나는 이런 순간이 찾아오면 그동안 나 자신을 너무 두루뭉술하게 바라보고 있던 건 아닌가 하며 스스로를 의심한다. 다른 이들의 삶을 지나치게 자세히 바라본 나머지 은연중 나의 삶을 계속 작아지게 만들고 있었던 것은 아닌가, 내 손으로 나 자신을 자책의 구덩이 속으로 밀어 넣은 것은 아닌가 하고 말이다.

아니나 다를까 돌아본 나는 세상 그 누구보다 나를 차갑게 바라보고 있었다. 내 자리에서 삶을 책임지고 있는 사람은 나 자신인데 다른 이들의 삶을 바라보며 그들처럼 살아가지 못하는 나 자신을 원망하고 있었다. 그래. 기어코 나에게 다시 상기시켜야 하는 순간이 찾아온 것이다. 나의 삶을 책임지고 있는 사람이 누구인지, 그동안 내 자리에서 해내고 이뤄 왔던 작고 큰 성취들이 무엇이었는지, 그것들이 그 순간의 나에게 어떤 의미로 기억되었는지, 나는 앞으로 어떤 삶을 살아가고 싶어 하는지, 미래로 가는 길 속에 지금 내가 하는 자책들이 얼마나 어리석은 생각들인지를 말이다. 그리 상기시킨 후 타인에게 머물러 있는 시선을 다시 나에게 데리고 와야 한다. 그래야 다시 건강한 마음으로 세상을 바라볼 수 있다. 내 삶을 미워하지 않을 수 있다. 나를 사랑할 수 있다. 내가 서 있는 곳에서 온전히 나로 존재할 수 있다.

삶은 경험으로 그릇을 넓혀 가는 일

삶은 경험으로 그릇을 넓혀 가는 일이 아닐까. 경험이라 칭하면 무언가 대단한 일이어야 할 것 같지만 돌아보면 나의 모든 순간들이 전부 경험이었다. 버겁다 생각하고 억지로 버텨 왔던 날들은 마음의 근력을 성장시켜 지금의 순간을 헤쳐 나아갈 수 있는 밑거름이 되어 주었고, 불확실한 미래를 걱정하며 머리 아프게 고민했던 순간들은 삶의 뚜렷한 목표를 바라볼 수 있는 시선이 되어 주었다. 마음 찢어지게 아팠던 나의 사랑은 타인보다 나의 마음을 더 소중히 여겨야 한다는 교훈을 남겨 주었고, 더 좋은 사람을 바라볼 수 있는 안목을 내게 새겨 주었다. 나의 모든 순간들이, 과정들이 경험이 되어 그릇을 조금씩 넓혀 주었다. 물론 그릇이 넓어지는 과정 속에서 필연적으로 성장통이 함께했기에 많은 울음과 아픔, 무너짐이 동반했지만, 이 모든 날들이 내 안에 쌓여 나의 그릇에 담을 수 있는 것들을, 그릇의 깊이를 더욱 깊고 넓게 만들어 준다면 살아 숨 쉬고 있는 이 순간을 충실히 살아갈 이유로 충분하지 않을까. 나의 오늘이 보다 지혜롭고 현명하게 삶을 살아갈 수 있는 양분이 되어 준다면 지금 이 순간을 충실히 살아가지 않을 이유가 없지 않을까. 모든 날들이 경험이 되어 그릇을 넓혀 준다는 것을 알고 있는 지금의 나는 오늘보다 더 넓어져 있을 내일의 나를 기대하지 않을 이유가 없다. 지금을 마음 충만히 살아가지 않을 이유가 없다. 나는 오늘보다 더 넓어져 있을 내일의 나를 기대하고 고대한다.

압박감에 꾹 다문 입

모두가 힘들어하는 게 느껴지는데, 힘들다 맘 편히 이야기하는 사람은 없다. 근심 실린 얼굴이지만 속 이야기 털어놓기는 어려운지 입을 떼지 못하는 사람들이 많고, 쫓는 사람은 없는데 누군가에게 쫓기는 것처럼 불안감에 휩싸여 일을 손에서 놓지 못하는 사람들이 많다. 맘 편히 쉬는 방법을 모르고, 맘 편히 털어놓는 방법을 몰라서일까. 아님, 경쟁에 너무 익숙한 나머지 경계를 풀지 못하는 탓일까. 나이를 정의하는 숫자의 무게가 무거워질수록 속으로 삼키는 말들이 많아지고 있다. 한마디로 정의 내릴 수 없지만, 사회가 요구하는, 혹은 스스로가 만들어 낸 특정 나이에 대한 압박감 때문에 마땅히 표현해야 하는 감정들을 망설이고, 생각들을 삼키며 살아가고 있다는 말이다. 속이 곪지 않는 게 이상하다.

경험하고, 무너지고, 배우고, 일어서고, 의지하고, 사랑하는 일엔 언제나 새로운 깨달음이 있고, 그 깨달음은 내 삶에 새로운 시야를 안겨 준다. 이는 우리가 유아기 때부터 수없이 반복해 온 일이다. 하지만, 지금 우리는 나이가 주는 외부적인 압박감 때문에 새로운 감정을 연구하고, 배우고, 실패와 좌절 속에 깨닫고, 반성하며 성장하는 일을 망설이며 살아가고 있지 않은가. 삶을 너무 무겁게만 생각해선 아무것도 하지 못한다. 아무 말도 하지 못하고, 삶이 주는 압박감에 사로잡혀 평생을 스스로 억압하며 살아갈 수밖에 없다. 나이 듦에 있어 삶과 정신이 무르익는 건 사실이지만, 그 사실에 발이 묶여 틀 안에 갇혀 버린다면 분명 후에 후회하지 않겠는가. 그러니 숫자에 발이 묶여, 사회의 시선에 몸이 묶여 살아가기보단 지금 표현하고 싶은 감정이 있다면 표현하고, 털어놓고 싶은 이야기 있다면 털어놓으며 살아가자. 자유로이 표현하고 털어놓으며 살아가는 당신 곁에, 누군가 시기 질투하는 마음에 훈수를 둔다면 가볍게 흘려보내면 될 일이니 말이다.

무거울수록 가볍게, 압박감에 짓눌릴수록 세상을 편안하게 바라보자. 그래야 우리들 삶이 편안하다. 그래야 당신이 편안하다.

방랑자, 방황이 당연한 세상

'정한 곳 없이 이리저리 떠돌아다니는 사람' 방랑자의 사전적 정의다. 나는 우리 모두를 방랑자라 칭하고 싶다. 여기서 말하는 방랑자는 현실에 정착하지 못하고 방황하며 떠도는 사람을 칭한 것이 아닌, 삶 전체를 바라보았을 때 정답 없는 삶 속 이리저리 방황하며 자신만의 길을 찾아 떠돌고 있는 우리들의 모습을 방랑자라 칭한 것이다.

나 자신을 바라보았을 때 은연중 완벽을 바라고 스스로에게 방황을 허락하지 않는 모습을 종종 발견하곤 한다. 흠 없이 모든 걸 완벽하게 끝내야 한다는 생각이 과하게 정신을 잠식해 욕심 속에 빠져 허우적거리고 있는 그런 모습 말이다. 적당한 완벽을 바라는 건 삶에 일정 부분 도움이 되지만, 과한 검열 속 제 목을 졸라 숨을 쉬지 못하게 만드는 건 나 자신을 괴롭히는 꼴이라는 사실을 또다시 망각하고야 만 것이다. 잘 하고 있음에도 칭찬해 줘야 하는 나의 모습은 바라보지 않은 채 나의 삶에 흠은 없는지, 실수한 것은 없는지, 모자란 구석은 없는지 자신이 정한 기준에 못 미치는 구석만 바라보고 채찍질하며 몸과 마음을 쉬게 내버려 두지 않는다. 틈 없는 완벽을 바란 나머지 내 삶에 적당한 방황을 허락하지 않은 것이다. 내가 정한 완벽의 기준은 나의 생각일 뿐이고, 그 기준에 못 미친다 하여 지금 당장 나의 삶이 무너지는 것이 아닌데 말이다.

삶에 대한 불안감으로 인해 내가 정한 완벽이라는 기준을 꽉 잡고 놓지 않았다. 나의 숨구멍을 내 손으로 막고 있던 것이다. 그러니 숨이 막힐 수밖에. 생각해 보면 모두가 방황하며 자신만의 길을 찾아가는 세상 속 나의 방황도 당연한 것이다. 방랑자들이 널린 세상에 살아가는 나 또한 정답 없이 방황하고, 완벽하려 해도 넘어짐이 있을 수밖에 없는 한 사람임을 잊어서는 안 된다. 욕심을 덜어 내고, 불안을 덜어 내고, 적당한 완벽이 될 때까지 과함을 덜어 내야 한다. 그리고 방황에 조금 더 관대해져야 한다. 그래야 긴장감으로 얼어붙어 있는 마음이 숨을 쉬고, 스스로를 몰아붙이게 유도하는 불안이 멀어진다. 잊지 말자. 완벽한 삶은 그 어디에도 없다는 것을. 우리는 항상 적당한 방황과 적당한 완벽을 연습해야 한다는 것을. 모두가 방랑자처럼 살아가는 삶이라는 것을.

어른 아이

      어른이라는 단어가 꼬리표처럼 붙는 나이가 되었다. 철없던 시절 꿈꾸던 어른의 모습은 당당하고 배울 점 넘치며 멋지게 인생을 살아가는 사람이었지만, 어른이 된 지금 왜인지 배울 점 넘치고 당당한 어른의 모습을 바라기보단 철없이 세상을 바라보며 웃고 있는 아이의 모습을, 걱정 없이 맑게 웃으며 살아가던 나의 어린 시절을 그리워하고 바라며 삶을 살아가고 있다. 그땐 몰랐다. 마음이 자유로운 것이 진정한 행복이라는 것을 말이다. 나이가 주는 무게와 시선은 어리광 부리고 싶은 마음을 숨길 수 있는 가면이 되어 얼굴에 씌워졌고, 삶을 책임져야 하는 무게는 해맑게 올라가 있던 입꼬리를 눌러 지면과 가까워지게 만들었다. 숨을 옥죄는 것들로 넘실대는 어른의 세계는 큰 압박감으로 나를 조여 왔고,

많은 책임을 한 번에 떠안은 나의 마음은 버겁다 울분을 토해 내며 무너지기를 반복했다. 결론적으로 아직 나는 이 어른의 세계에 적응하지 못하였고, 철없는 자유를 꿈꾸며 삶을 살아가고 있다. 때문에 스스로가 판단하기에 나에겐 아직 어른이라는 이름이 어울리지 않는다 생각한다. 언젠가 어른이라는 이름에 걸맞은 사람이 되어 있기를 바라고 있을지 모르지만, 솔직히 말하자면 지금의 난 아직 나 자신을 어른이라 칭하고 싶지 않다. 사소한 것들에 철없이 웃기도 하고, 작은 추억들에 의미를 부여하기도 하고, 종종 자유를 향해 과감히 세상을 등지고 떠나는 삶을 살아가고 싶다. 이런 삶을 살아가는데 어른이라는 명칭이 조금의 억압과 압박이 된다면 언제고 거부할 생각이다. 어른이 되었다는 것을 부정하지 않지만, 인정하고 싶지도 않은 이 청개구리 심보를 누른 채 굳이 지금의 나를 정의하자면.. '어른 아이' 그래, 어른 아이 정도가 좋겠다.

불안과 불확실함을 먹으며 자라요

걱정 없이 살아가는 사람 있을까. 상념 없이 살아가는 사람 있을까. 변화에 두려움을 느끼지 않는 사람 있을까. 불안에 휘청이지 않는 사람 있을까. 나의 마음속엔 항상 불안이 존재했고, 머리로 바라보는 미래에는 항상 불확실함이 넘실거리고 있었다. 지금껏 걸어온 길 속에도, 현재에도, 바라보는 미래에도 나의 곁에는 언제나 불안과 불확실함이 함께하고 있었다. 사람은 시련을 통해 성장한다고 하던데, 과거에 찾아왔던 불안들을 이젠 "그땐 그랬지"라며 추억하고 있는 걸 보아하니, 당시의 불안을 먹고 마음이 조금은 자라난 게 분명하다. 돌아보니 필연적으로 찾아왔던 불안들은 찾아온 이유가 있더라. 언제나 나에게 "네가 나를 먹고 이겨 낸다면, 네가 바라보는 세상이 달라져 있을 거야. 마음은 더 단단해지고, 세상을 바라보는 키는 더 커져 있을 거야. 그러니 나를 이겨 내 봐."라며 귓가에 말을 속삭이고 있더라. 원망스럽고 밉기만 했던 불안을 한 번 먹고 자라나 보니 그제서야 깨달을 수 있었다. 마음과 삶의 키가 자라려면 성장통이 필수적으로 찾아오기 마련이고, 성장통에 언제나 함께할 수밖에 없는 아이가 불안이라는 것을 말이다. 그러니 지금 내 곁에 머무는 불안도 찾아온 이유가 분명 있겠지. 또다시 내게 성장할 기회가 찾아온 거겠지. 과거에도 그랬듯 지금 찾아온 불안도 추억으로 회상할 날이 분명 오겠지. 그러니 잘 이겨 내 보자. 불안을 잘 다스리며 나아가 보자. 지금 나에게 찾아온, 당신에게 찾아온, 우리에게 찾아온 시련이 무엇이되었든 말이야.

길 끝에 닿은 나의 글

글이 날 울려. 글이 날 웃게 하고, 글이 날 주저 앉게 해. 글을 사랑하지만, 글이 미워. 헛웃음 나오는 사실은 아픈 구석이 있음에도 놓고 싶지 않다는 거야. 나의 발자국을 세상에 찍어 주고, 내 생각을 다른 이들에게 전해 주고, 나을 수 없을 것만 같던 나의 결핍을 채워 줘. 나의 마음이 다른 이들에게 온기로 닿을 수 있게 도와주고, 살아가다 무너지는 날엔 다시 일어날 수 있는 힘을 건네줘. 원망스럽기만 했던 세상의 아름다움을 바라볼 수 있게 인도해 주었고, 나와 친밀해질 수 있도록 대화의 징검다리가 되어 줬어. 인생을 더 열심히 살아 보고 싶다 생각할 수 있게 이끌어 준 것도 글. 모든 일상에 의욕을 낼 수 있게 도와준 것도 글, 그러니 글을 놓을 수 있을 리가. 난 가시 달린 글이라도 끌어안고 놓지 않을 심산이야. 글을 사랑하지 않을 자신이 없거든. 이미 내 삶에 너무 깊숙이 들어와 나에게 많은 걸 주고 있으니까. 그러니 글 속에 머물며 아픈 구석이 있어도, 놓고 싶은 순간이 있어도, 마음 답답해 고통스러운 순간이 있어도 놓지 않아 난. 이 속에 머문다는 게 사실 나에게 행복이기도 하거든. 길 끝에 닿은 나의 글은, 나에게 그런 존재야.

꼭 안아 주겠어요

무뎌진 줄만 알았던 아픈 기억들이 수면 위로 올라오는 날이 있다. 잊었다 착각하고 살아가고 있었다는 걸 깨닫게 되는 날. 다시 떠오른 기억에, 다시 전해지는 아픔에 가슴 찢어지듯 감정이 요동치는 날. 내 안. 깊은 곳에 숨죽이고 있던 나의 기억 조각들이 "나 아직 여기 있어." 하며 내게 말을 걸어오는 날. 솜털처럼 가벼워 잠시 떠오르고 사라질 기억이 아닌, 묵직하고 덩어리진 기억들이 수면 위로 떠올라 오늘의 나를 잠식해 버리는 날엔 하염없이 아파하는 나를 외면할 수 없기에 제 발로 기억 속에 들어가 어린 나를 마주한다.

그날의 나에게 해 줄 수 있는 건, 그날의 기억을 끌어안고 괜찮다 다독여 주는 것뿐이라, 아파하는 기억

속 나를 애틋한 마음으로 끌어안는다. 어린 마음, 어린 생각, 여린 아이. 기억 속의 나보다 지금의 내가 더 단단한 마음으로 삶을 살아가고 있기에, 기억 속의 나보다 더 커진 그릇으로 세상을 바라보고 있기에, 기억 속의 나보다 모든 것이 다 큰 내가 작은 나를 안아 줘야지. 혼자라 슬퍼하는 저 아이에게 이제 혼자가 아님을 알려 줘야지. 가시 돋친 마음 끌어안고 "네가 그 기억 속에서 울음을 멈추지 못해도 괜찮아. 오늘처럼 수면 위로 떠올라 나에게 닿으면 언제든 너를 꼭 끌어안아 줄게."라고 말해 줘야지. 기억 속 어린 나에게 지금의 나는 아파하는 네 모습조차 온 마음으로 안아 줄 수 있는 사람임을 온기로 전해 줘야지. 나는 나의 여린 기억들이 전부 애틋하다. 나의 작은 아이들이 참으로 애틋하다.

세상과 멀어지고 싶은 때가 있다

세상과 간절히 멀어지고 싶은 때가 있어요. 당장의 오늘도 나에게 버겁다 느껴지고, 평상시와 같이 사람들과 주고받는 연락은 마음에 무거운 돌덩이처럼 내려앉아 그들이 미운 것은 아니지만 이 모든 관계들로부터 잠시 단절되고 싶다는 생각을 해요. 해야 할 일들을 바라보면 눈물이 날 정도로 막막해 스트레스를 받고요. 억지로 나아가다간 주저앉아 펑펑 울게 될 것이 분명한데 모든 상황들이 날 가만두지 않아 마냥 서럽고 온몸에 기운이 없어요. 이런 날엔 제 눈에 안대라도 씌운 듯 모든 상황을 외면하고 뒤돌아 아무도 없는 곳으로 떠나고 싶어요. 아무것도 신경 쓰지 않아도 되는 곳으로 말이에요. 맞아요. 마음이 단단히 지치고 말았어요. 억지로라도 쉬어 가지 않으면 빠져나올 수 없는 구덩이에 빠진 것이 분명해요. 한 가지 다행이라 여기는 사실은 예전의 저였다면 이 모든 상황을 나의 탓으로 돌리고 자신에게 거리낌 없이 채찍질을 했을 테지만, 지금의 전 이미 그 방법이 틀렸다는 걸 알고 있다는 거예요. 휘두른 채찍은 주저앉아 있는 나를 억지로 끌고 나아갔지만, 몇 걸음 안 가 다시 주저앉게 만들었어요. 거리낌 없이 스스로에게 뱉은 자책의 말들은 기운 없는 나의 마음을 더 아래로 가라앉게 만들었고요. 이 과정을 지겹도록 겪은 후에야 방법이 틀렸다는 것을 알게 되었어요. 지금의 저는 세상과 멀어지고 싶을 때 잠시라도 시간을 내어 지친 마음을 쉬게 해 주려 해요. 노을이 예쁘게 지는 시간에 나가 하염없이 혼자 걸어 보기도 하고, 일기장에 그동안 참아 왔던 힘듦을 털어놓기도 하고, 소중한 이들과 대화를 나누며 요즘의 힘듦을 하소연하듯 꺼내 보기도 해요. 먹고 싶다 생각했던 음식을 나에게 선물해 주기도 하고요. 마음의 짐으로 얹혔던 연락들은 잠시 덮어놓기도 해요. 이렇게 마음이 회복할 때까지 나에게 원하는 것을 주고, 쉼을 느끼게 해 주고, 나만의 방법으로 열심히 지쳐 있는 마음을 달래 줘요. 세상과 멀어지는 게 두렵고 무서워 뒤돌지 못했던 나였지만, 처음이라 익숙하지 않을 뿐이었어요. 뒤돌아 쉼을 느껴 보니 그제야 알겠더라고요. 세상과 멀어지고 싶어 뒤돌았지만 세상에게서 멀어진 것이 아닌, 제자리에서 잠시 숨을 고르는 시간을 가진 것일 뿐이라는 걸 말이에요.

불안감에 발이 묶인 사람들, 꼭

"인생을 그냥 다시 살고 싶어." 일터에서 처음 만난 사람과 삶에 관하여 이야기 나누던 중 상대의 입에서 나온 문장이었다. 불안정한 미래와 정착하지 못했다는 사실로부터 오는 불안감에 휩싸여 토해 내듯 뱉은 말. 자신도 모르게 다른 이들과 자신을 비교하는 곁눈질이 함축되어 나온 말이었다. "주변 사람들은 전부 정착해서 자신의 삶을 살고 있어." 한 마디 한 마디에 담긴 불안과 자기 혐오감이 선명히 느껴졌다. 상대방이 느끼는 감정이 무엇인지, 어떤 생각에서 비롯되어 저런 말들이 입 밖으로 나오게 된 것인지 나 또한 뼈아프게 겪었던지라 상대가 하는 말들을 계속 듣고, 들어 줬지만, 삶을 긍정적으로 바라보고 이겨 내려 하는 사람과, 부정적인 기운 속에 빠져 이 상황에서 벗어나려 노력하기보단 세상을 탓하기만을 택한 사람. 이 두 사람이 삶을 바라보는 시야는 명확히 다르다는 것을, 이 시야가 앞으로 삶의 많은 것들 을 달리 만들어 준다는 것을 알고 있었기에 상대방에게 무례를 끼치지 않는 선에서 '그럼에도'라는 생각을 건네주려 많은 노력을 기울였다.

삶을 살아가야 한다는 사실이, 오늘이 지나고 내일이 또 온다는 사실이 두려운 많은 사람들에게 이야기해 주고 싶다. 저릿하게 몰려오는 삶의 불안감으로 인해 정신이 아득한 건 사실이지만, 제자리에서 삶을 원망하고 두려워만 한다면 그 길의 끝에서 만날 수 있는 건 자기혐오뿐이라는 것을 말이다. 때론 삶을 필요 이상으로 너무 무겁게 바라보고 있는 것은 아닌지, 무겁게 바라보는 나머지 나 자신을 계속 작아지게 만들고 있는 건 아닌지 돌아봐야 한다. 부정적인 생각들은 긍정적인 생각들보다 침투력이 더 강하다. 그러니 스스로에게 우리가 걱정하는 모든 일들은 아직 일어나지 않았고, 나의 발목을 잡는 감정들과 걱정들은 내가 만들어 낸 생각일 뿐이며, 남의 인생을 바라보기보단 나의 인생을 바라보며 살아가야 한다는 걸 계속 알려 줘야 하지 않겠는가? 부정적인 생각들에 잠식당하지 않길 바란다면 말이다. 나는 우리가 떠올리는 미래 속 우리들의 모습이 불안정해 보인다는 이유로 두려움에 사로잡혀 자신의 모든 가능성을 스스로 닫지 않았으면 좋겠고, 나 자신을 작은 사람이라 단정 짓지 않았으면 좋겠다. 가볍지만은 않지만 그럼에도 삶을 가볍게 보려 노력했으면 좋겠고, 걱정에 잠식당해 자신을 혐오하는 일은 되도록 없었으면 좋겠다. 우리에게 다가올 내일을 두려워만 하기보단 "한 번 해 보자." "그럼에도 해 보자." "난 할 수 있어."라는 말들로 용기 내 하루를 바라봤으면 좋겠고, 이 모든 날들이 당신을 성장시켜 주고 있다는 사실을 잊지 않았으면 좋겠다.

    마지막으로, 이 글을 읽으며 속에서 차오른 생각들을, 마음들을 절대 잊지 말고 살아가 주었으면 좋겠다. 꼭.

혼자이지만, 혼자가 아닌 세상에서

혼자에 익숙해진 사람들은 곁에 사람 두는 방법을 까먹고, 혼자로 만든 세상은 혼자가 아니어도 괜찮다 이야기한다. 나를 달리게 만든 세상은 멈추어도 된다며 속삭이고, 세상에 겁먹어 앞만 보고 달리기만 한 마음은 멈추는 방법을 모르기에 방황한다. 어떤 길이 정답이라 정의할 수 없기에 어떤 길로 가라 이야기해 주는 사람 없고 갖가지 조언들만 허공을 떠돌며 이곳저곳을 기웃거린다. 또, 정답 없는 세상은 내게 희망이 되기도 하지만, 좌절감으로 다가와 나를 무너트리기도 한다.

걸음마를 처음 떼었을 때를 기억하는 사람 있을까. 아마 상상은 할 수 있을 테지만, 인생의 첫 성취였던 그 순간을 명확히 기억하고 있는 이는 없을 것이다.

모든 처음이 그랬다. 처음 눈을 떠 세상을 바라보았을 때, 처음 몸을 뒤집었을 때, 처음 글자를 배우고, 처음 감정을 느낀 나의 모든 첫 순간들은 사실만 남긴 채 허공 속으로 사라졌다. 그래서 살아가는 게 이리 고달픈 걸까. 흐릿하다 못해 기억하지 못하는 나의 첫 성취들을 망각하고 살아가는 탓에 무언가를 시작하고 길을 찾아가는 과정에서 이리 방황하고 휘청거리는 걸까. 혼자서 이겨 내야 하는 것들이 범람하고 있는 세상이다. 한 가지 큰 위안으로 닿는 사실은 첫 성취를 망각하고 혼자 이겨 내며 살아가는 사람이 나만 존재하는 건 아니라는 거다. 모두가 각자의 자리에서 삶의 주인으로 살아가고 있지만, 모두가 휘청거리고 방황하며 첫 성취를 망각한 채 혼자로 삶을 살아가고 있다. 이 사실은 이 글을 혼자 적고 있는 나에게, 이 글을 혼자 보고 있는 당신에게 큰 힘과 위로가 되어 주지 않는가? 그러니 잊지 말자. 혼자 이겨 내야 하는 것들이 범람하고 있는 세상이지만, 각자의 자리에서 혼자로 존재하며 살아가고 있지만, 사실은 모두가 함께 나아가고 있다는 것을 말이다. 우린 혼자이지만, 혼자가 아닌 세상에서 함께 살아가고 있다.

생각을 비우는 법

어지러운 상황 속 정리되지 않는 생각들로 인해 고통스러운 때가 있다. 해야 할 일들은 밀려 있는데, 멈추려 해도 자꾸만 떠오르는 걱정들로 인해 하루 종일 머리가 아프고, 뜻대로 흘러가지 않는 상황에 온 신경이 예민해져 밤엔 제대로 잠을 잘 수 없다. 이 복잡한 상황에서 벗어나고 싶은 마음에 다시 정신을 집중해 '해결'이라는 단어에 가까워지려 노력하지만, 생각은 다시 어지럽게 얽히고설켜 길을 잃고야 만다. 이때를 놓쳐서는 안 된다. 눈앞의 문제 속에서 방황하다 회피하고 주저앉기 좋은 상황에 처해 있기 때문이다. 이 순간을 놓친다면 어느새 길을 잃고 방황하고 있는 자신을 발견하게 될지도 모른다.

정신을 다시 바로잡기 위한 방법은 운동과 책 읽기 명상 등 여러 가지가 있지만, 정신과 바로 맞닿아 복잡한 생각 속에서 즉시 나를 꺼내 줄 수 있는 확실한 방법은 명상이다. 명상은 예민해져 있는 정신과 어지러운 상황 속 들떠 있는 나의 마음을 차분히 가라앉혀 주고, 머릿속을 메우고 있던 생각들을 비워 내 준다. 처해 있는 상황 속, 앞으로 내가 해야 할 것들을 제대로 바라볼 수 있게 도와주고, 틈만 나면 나를 잡아먹으려 하는 걱정들로부터 자유로울 수 있는 방법을 스스로 터득할 수 있도록 내면의 길잡이가 되어준다. 명상이라 하면 나와 맞지 않을 것 같다 생각하고 단정 짓는 이들을 많이 보았다. 그럼에도 굳은 의지로 명상을 추천하는 이유는, 살아오다 마주한 많은 고비들과 무너짐 속에서 '나'로 바로 설 수 있게 도와주었던 것이 명상이었기 때문이다. 어느 상황이든 우리가 무너지게 되는 이유는 불안과 걱정 때문이고, 명상은 불안과 걱정을 다스리는 방법을 자연스레 터득할 수 있도록 이끌어 준다. 그러니 지금 답을 찾지 못해 괴롭고, 끝없이 이어지는 걱정들과 불안들로 인해 고통받고 있다면 꼭 명상을 시도해 보았으면 좋겠다. (처음부터 홀로 적막 속에 명상을 하려 하면 오히려 생각들이 정신을 더 가득 메울 수 있으니, 방법을 모르는 이들을 가이드를 따라 시도해 보면 좋겠다.) 글을 쓰고 있는 나조차 일상의 어지러운 순간들 속에서 명상에 큰 도움을 받고 있으니 말이다.

생각을 비워 낸 후, 채움

생각을 비워 낸 후, 건강한 생각으로 다시 정신을 가득 채워야 한다. 지금 이 순간만큼은 세상을 내려보는 거인이 되었다는 시각으로 내가 처한 상황을 바라봐야 한다는 말이다. "세상 속 한없이 작아만 보이던 내가 사실은 이 상황에 주도권을 잡을 수 있을 만큼의 큰 그릇을 가지고 있는 사람이었다." 생각하며, 모든 상황은 삶의 지나가는 작은 바람이라는 관점으로 나에 대한 확신을 온 마음에 가득 채우고 상황을 바라봐야 한다. 바라보는 상황이 인간관계에서 오는 난감한 상황이든, 내면의 근본적인 문제 속에서 고통스러워하는 자신이든, 꿈을 향해 나아가는 길 속 불안감에 주저앉아 있는 자신이든지 와는 관계없다. 그저 확신에 찬 마음을 가득 채운 후, 한 발자국 떨어져 넓은 시야로 상황을 바라보고 길을 따라가기만 하면 된다. 현재 내가 처해 있는 상황이 정확히 어떤 문제인지 직면하고, 그 속에 가장 먼저 해야 하는 것들이 무엇인지 정리하고, 진정 내가 원하는 선택이 맞는지 스스로에게 물어야 한다. 여기서 중요한 건, 이 모든 과정은 건강한 마음가짐으로 정신을 가득 채워 흔들림 없는 내면을 만든 후에 해야 한다는 것이다. 채우지 않는다면 또 다시 불안감에 주저앉게 될 것이 분명하니 말이다.

내리는 결정 속에 다른 이들의 시선과 말은 스며들지 않도록 차단해야 한다. 삶은 길고 우리가 가야 할 길이 얼마나 남았는지 가늠할 수 없기에 오늘 나의 채움이, 나의 판단이, 생각이 앞으로의 여정 속 깊고 단단한 발판이 되어 줄 것이라는 생각으로 "모든 결정과 선택은 오롯이 나의 내면에서 나온다."라며 스스로 단호히 말할 수 있어야 한다. 내가 내린 결정이기에 조금의 의심도 섞여 있지 않고, 내가 내린 결정이기에 외부의 어떤 말들이 나를 흔들어도 꺾이지 않는다. 오늘 내린 결정에 후회를 해도 나 스스로가 후회하고, 오늘 내린 결정에 환희를 맛본다 해도 그것 또한 오롯이 스스로가 내린 결정 속에 나온 결과이기 때문에 나 자신에 대한 자부심을 충분히 느낄 수 있을 것이다. 어떤 이들의 곁에 있든, 어떤 상황에 처해 있든, 어떤 갈림길 앞에 고민하고 있든 건강한 마음가짐으로 정신을 가득 채우고 상황을 바라본다면 훗날 지금을 돌아봐도 후회 한 점 남아 있지 않을 것이라 장담한다. 다른 결정을 내렸으면 어땠을까 하는 의구심은 들 수 있어도 "그때의 나로서 최선을 다해 내린 선택이니 후회하지 않는다." 이야기할 수 있을 것이다. 오롯이 나의 내면에서 나의 선택으로 내린 결정이었을 테니 말이다. 생각을 차분히 비워 냈다면 건강한 생각과 마음가짐으로 나의 마음을 단단히 잡아야 한다. 그래야 어떤 상황이 당신에게 들이닥쳐도 삶의 주도권을 잡고 헤쳐 나갈 수 있다. 나의 글이 당신의 생각을 채우고, 마음을 단단히 바로잡는 데 도움이 되었으면 하고 바란다. 확신과 믿음으로 자신을 가득 채우길.

주도권을 잡는 순간이 온다

생각을 비워 내고, 채우는 과정은 고될 수 있다. 한 번의 시도 끝에 성공하는 이 없을 것이고, 이 과정이 익숙하지 않은 사람들은 생각을 비워 내는 과정 속에서 다시 차오르는 불안과 부정의 생각들로 인해 무너지곤 할 것이다. 자연스러운 것이라 이야기해 주고 싶다. 제대로 된 방법을 모르기에 무너질 수밖에 없고, 뜻대로 안 되는 마음으로 인해 여러 번 포기의 반복을 마주하며 삶을 살아갈 수밖에 없다. 그럼에도 한 가지 확신하며 건네주고 싶은 사실은, 우리도 모르는 사이 조금씩 단단해지고 있는 것이 분명하다는 거다.

처음 주저앉았을 땐 일어나는 방법을 몰라 가장 힘들었고, 그다음 주저앉았을 땐 일어나는 방법을 조금은 알아 익숙해졌다. 또 그다음 주저앉았을 땐 "나는 왜 이리 자주 넘어지는가."라며 스스로가 나약한 것이 아닐까 하는 의구심에 빠졌고, 또다시 주저앉았을 땐 주저앉았음에도 불구하고 나는 다시 일어날 수 있을 것이라는 확신이 들었다. 넘어지며 배우고, 넘어지고 일어나기를 반복하며 단단해졌다. "문제 속에 살아가겠다." 다짐하고 끈질기게 삶을 바라봤던 순간들은 경험이 되어 마음의 근력으로 자리 잡았고 그렇게 자라난 근력은 항상 다음 고비에서 날 지탱해 주곤 했다.

모든 상황에 정답은 없다. 그저 나의 상황에 맞는 대처를 하고, 나의 상황에 맞는 마음가짐으로 생각을 채우며, 나의 생각이 불안에 잠식당해 고통스러울 때는 비워 내고 멈춰 서기도 하며 나아가는 것이다. 이 모든 판단은 타인이 아닌 나의 내면에서 나와야 하고, 선택의 주체가 되어 보려 노력하고 나아갔던 모든 날들은 어느 순간 나에게 삶의 주도권을 쥐여 준다. 의식하지 않아도 이 모든 과정을 습관처럼 상황에 맞춰 대처할 수 있게 되고, 다른 이들에게 흔들리지 않는 나만의 단단한 중심을 쥐고 진정 내가 원하는 것이 무엇인지를 찾아 나갈 수 있게 된다. 그러니 지금 방법을 모른다 하여, 삶을 어떻게 나아가야 할지 방향을 못 잡고 있다 하여, 관계 속에서 휘둘리고 있다 하여 자신을 탓하고 나약하다 나무라지 않았으면 좋겠다. 그 모든 과정이 단단해지기 위한 여정의 일부분일 뿐이고, 그 여정들이 모여 분명 삶의 주도권을 당신에게 가져다줄 것이니 말이다.

그대로의 내 모습

있는 그대로의 내 모습을 바라본다는 건, 내가 보고 싶지 않은 나의 모습까지 바라본다는 것이 아닐까. 나약한 나의 모습, 불평과 불만에 익숙해져 있는 나의 모습, 혼자임을 누구보다 두려워하지만 약해 보이고 싶지 않은 마음에 단단한 척 가면을 쓰고 있는 나의 모습, 트라우마에 갇혀 아파하고 있는 나의 모습, 사랑 앞에 나약해진 나의 모습, 지쳐 있는 나의 모습. 내가 가진 장점을 뚜렷이 바라보고 스스로에게 자부심을 갖는 것도 중요하지만, 단점을 직시하고 나의 모난 부분을 인정하며 조금 더 나은 사람이 되기 위해 노력하는 과정도 건강한 자존감을 위해 꼭 필요한 부분이다. 보고 싶지 않은 나의 모습을 바라본다는 것부터 이미 거부감이 드는 일이지만, 세상에 완벽한 인간이 어디 있을까. 글을 쓰는 나조차, 글을 읽는 당신이 선망하는 누군가조차 모난 부분은 한 가지씩 가지고 살아간다. 오히려 한 가지라 하면 다행이라 이야기할 수 있겠다. 불편함과 거부감을 받아들이고 작고 사소한 것부터 조금씩 바꿔 가며 더 나은 사람이 되기 위해 노력하는 삶을 살아갈 것인지, 불편함을 거부하고 지금의 나에게 머물러 있을 것인지 이 모든 것이 전부 나의 선택으로 바뀐다는 것을 안다면 거부감을 받아들이고 나를 돌아볼 충분한 이유가 되지 않을까. 아픈 모습을 바라봐 주는 것도 나. 부족한 모습을 바라봐 주는 것도 나. 아픈 모습을 바라보고 함께 울어 주는 것도 나. 부족한 모습을 바라보고 채워 주는 것도 나. 삶의 주체가 되어 나라는 사람을 온전히 책임지는 것도 나. 모든 것은 나를 바라보고 인정해 주는 것에서부터 시작된다. 그대로의 내 모습을 말이다.

인사이드 아웃

　살아가다 찾아오는 많은 감정들을 원망하고, 나의 발목을 잡고 늘어지는 감정들이 내 삶에서 배제되었으면 하고 바랐던 적이 있다. 나를 그리 생각하게 만들었던 감정들은 고통, 공허, 우울, 분노, 불안, 슬픔과 같은 부정의 기운을 품고 있는 감정들이었다. '이런 감정들은 차라리 느끼지 않았으면 좋겠어.'라는 생각과 함께 아픈 머리 부여잡고 축 늘어져만 있던 시간들. 감정을 마주할 수밖에 없는 내가 감정을 거부하고, 감정이 찾아온다는 사실에 환멸을 느끼니 어느 순간부터 매사에 날이 서 있는 나를 발견할 수 있었다. 다른 이들과의 교류 속에 잔뜩 날이 서 있고, 타인의 작은 실수와 나의 실수에 과한 거부감을 느끼고, 일상의 사소한 행복들은 바라보지 않은 채 그저 살아가는 것이 힘들다 여겨 불평만 내뱉고 있던 나의 모습. 과하게 예민해져 있는 나의 모습을 스스로 발견하고 "무언가 잘못되었다."라며 홀로 되뇌었다.

감정이 내게 주는 부정적인 영향만 확대해서 바라보고, 내게 찾아오는 일부 감정들을 배제하고 살아가려 했던 나의 생각이 내게 좋지 않은 영향만을 끼친다면, 부정적인 감정들을 거부하려 했던 의도가 오히려 그 감정들에게 더 가까워지게 만들고 있다면, 이 감정들을 그저 받아들여 보면 어떠할까라는 생각이 들었다. 그동안 거부했던 감정들을 다시 돌아보니 부정할 틈도 없이 전부 필요에 의해서 내게 찾아오고 있었다. 나는 그동안 공허함을 느낄 수 있었기에 곁에 머물러 주는 이들에게 감사함을 가질 수 있었고, 우울을 딛고 일어섰던 경험 덕분에 삶을 더 끈기 있게 살아갈 수 있었다. 슬픔을 느낄 수 있음에 나를 행복하게 해 주는 것들의 소중함을 알 수 있었고, 불안을 딛고 일어났던 경험 덕분에 나의 삶에 기대감을 느낄 수 있었다. 돌아본 감정들은 전부 제각각이었지만, 희한하게도 하나의 큰 덩어리 안에서 전부 연결되어 있었다. 모든 부정의 감정들로 인해 긍정의 감정들도 느낄 수 있던 것이다. 그때부터였다. 내게 찾아오는 감정들을 피하지 않고 그대로 바라보기로 마음먹은 때 말이다. 그러니 지금 이 글을 보고 있는 당신들도 어떤 감정들로 인해 고통스러워하고 있든, 어떤 감정들로 인해 상념 속에 빠져 있든 그 감정을 부정하고 멀어지려 하는 것이 아닌 그저 있는 그대로의 감정을 바라보았으면 좋겠다. 모든 감정들은 전부 나라는 사람일 뿐이고, 그 감정들은 당신에게 찾아온 이유가 분명 있을 테니 말이다.

내 모진 모습을 바라보는 일이라도

항상 그랬다. 마음이 불안정해 중심이 흔들리고 있을 때 그 원인을 찾다 보면 지독하게도 매번 내게 문제가 있었다. 삶이 발전하지 않고 머물러 있어 답답하다 느껴질 때 그 이유를 찾다 보면, 삶에 욕심내지만 노력하지 않는 내가 있었고, 마음이 가라앉아 우울감에 빠져 있을 때 그 원인을 찾다 보면, 스스로에게 끈질기게도 눈길 한 번 주지 않는 내가 있었다. 삶에 숨이 턱턱 막혀 와 그 이유가 무엇인가 골똘히 찾다 보면, 숨이 막히는데도 불구하고 삶에 욕심을 버리지 못해 내게 쉼을 허락하지 않는 내가 있었고, 특정 관계나 상황에 감정의 응어리가 얽혀 계속 떠올리는 나 자신을 발견해 그 원인을 찾다 보면, 솔직하지 못하게 내린 판단들과 말들 속에서 후회하고 있는 내가 있었다.

모두 내가 괜찮지 않음에도 괜찮다 거짓말하고 있는 탓에 생겨나는 감정들과 생각들이었다. 그로 인해 내 삶이 흔들리고 있는 거였다. 그러니 내게 더 솔직해져야 하지 않겠는가. 매번 모든 상황에 '괜찮다.' 이야기하며 나 자신을 다독인다는 핑계로 괜찮지 않은 마음 억지로 머금고 살아가는 것보단, 괜찮지 않을 때 '괜찮지 않다.' 이야기하며 스스로에게 솔직한 삶을 살아가는 것이 더 크게 숨 쉴 수 있는 삶이지 않겠는가. 그래야 이 지독한 문제들로부터 조금씩 벗어나고, 내가 묶은 나의 모습들에게서 자유로워질 수 있지 않겠는가. 적어도 나는 그리 살아가고 싶다. 조금 번거롭더라도 그로 인해 내 마음이 한결 편안해진다면 그걸로 된 일이고, 이것이 내가 내게 해 줄 수 있는 최선이라 굳게 믿는다. 적어도 나는 나 자신에게 솔직하고 싶다. 그것이 내 모진 모습을 바라보는 일이라도.

숨

생각을 멈춰. 그리고 숨을 크게 쉬어. 너 또 심
각하다. 조금은 가벼워져도 돼. 세상 사는 일이 무겁고
어려운 건 사실이지만, 그렇다고 너까지 무거워질 필요
는 없어. 항상 그리 숨을 옥죄며 살지 않아도 돼. 좋아하
는 것들 곁에 잠시 머물다 돌아와도 되고, 환기가 필요
하다면 훌쩍 어디론가 여행을 다녀와도 괜찮아. 잠시 숨
을 크게 쉬고 멈춰 가도 된다는 말이야. 혹여나 쉬어 가
는 방법을 아직 잘 모르겠다고, 나만의 방법을 찾지 못
하였다고 조급해하지 마. 그건 천천히 찾아가도 돼. 모
든 게 빠른 세상에 살고 있다지만, 그건 세상의 속도일
뿐 너의 내면의 속도가 아니잖아. 쉬어 가는 방법을 천
천히 찾아간다고 하여 달라질 거 하나 없는 세상이니 일
단 멈추고 틱 끝까지 차오른 숨을 뱉어 봐. 몸의 긴장을

풀어 보는 거야. 숨을 마실 땐 내 몸의 공기가 정화된다는 생각으로, 뱉을 땐 고여 있던 걱정들이 빠져나간다는 생각으로 계속 숨을 마시고 뱉어 봐. 마음이 편안해질 때까지 말이야. 그리곤 스트레스를 받지 않을 정도까지만 생각해 보자. 나라는 사람은 어떤 걸 할 때 행복감을 느끼는 사람인지, 나에겐 어떤 취미가 맞고, 나는 어떤 걸 좋아하는 사람인지, 내 삶에 어떤 변화를 들여야 내가 더 행복해질 수 있는지, 요즘 나의 마음은 어떤 상태인지. 신경 써야 하는 건 하나뿐이야. 내가 심각해질 때까지 생각에 빠지면 안 된다는 거. 가볍게, 가볍게 생각해 봐. 숨을 크게 마시고, 뱉으면서 그렇게 호흡으로, 나의 숨으로 마음에 가벼움을 들이면서 나에게 나를 돌아볼 수 있는 시간의 틈을 선물해 줘 봐. 그렇게 나를 천천히 알아 가는 거야.

네가 살고 싶은 삶을 살아

네가 살고 싶은 삶을 살아. 남이 정해 주는 삶이 아니라 진정 네가 원하는 삶 말이야. 알아. 쉽지 않은 길이 되겠지. 주위 시선 걷어 내고 정말 네가 원하는 게 무엇인지 알아 가는 과정에서부터 난관에 부딪힐 수도 있어. 하지만, 계속 이야기했던 것처럼 삶에 정답이 없다는 걸 알고 있다면, 어떻게 살아가는 게 정답이라 이야기할 수 없는 세상이라는 걸 너 스스로가 깨닫게 된다면, 네가 살아가고 싶은 길을 묵묵히 걸어간다는 게 얼마나 큰 의미를 품고 있는 일인지 알 수 있을 거야. 다른 사람들에게 냉정한 사람으로 보여도, 자신과 다른 사람이라 보여도 괜찮아. 어느 길을 가든 그 길 속에 넌 혼자가 아닐 거야. 네가 선택한 길 속에 앞장서 걷고 있는 사람들이 분명 있을 테고, 네가 그 길에 뛰어드는 순간부터 그들과 함께하는 삶을 나아가게 되는 것이니, 함께 걸어가지 않을 이들에게 보이는 모습에 많은 신경을 기울이지 않아도 괜찮아. 모든 것이 너의 선택이야. 너의 결정을 부정하는 이들의 곁에 머물며 시선에 흔들리고 내가 아닌 다른 이의 말과 생각으로 결정 내리는 삶을 살아가는 것도. 너의 결정을 존중해 주고 너의 신념에 힘을 실어 주는 이들과 함께 나아가며 모든 결정을 스스로 내리는 삶을 살아가는 것도 말이야. 그러니 간절히 말할게. 네가 살고 싶은 삶을 살아. 그 속에 뛰어들어 숨 쉬고, 아파하고, 무너지고, 행복해하며 성장하는 기쁨으로 살아가는 그런 삶을 말이야. 다른 이들의 삶이 아닌, 너만의 삶을 살아 봐.

나로 서 있는 내가, 나로 서 있는 당신에게

　살아가는 게 많이 힘들지. 뜻대로 되지 않는 일들 투성이고, 곁에 둬야 하는 사람은 누구인지, 앞으로 어떤 일을 하며 살아가야 할지, 책임질 것들은 점점 늘어만 가는데 내가 무엇을 어찌해야 하는지. 마음은 힘들고, 감정은 아프고, 사랑은 어렵고, 모든 게 점점 두려워져만 가는데 시간은 흐르고, 주변 이들은 나를 바라보고, 압박감에 넘치던 의욕이 점점 풀이 꺾여 하늘을 보고 한숨 쉬는 날들만 점점 늘어 가지. 참 이상하다? 내 이야기이기도 했고, 지나간 이야기이기도 하고, 앞으로 또 겪어야 하는 이야기들이기도 한데, 내 이야기가 아닌 당신들의 이야기라고 생각하니 마음이 참 아파. 겪어 낸 시간들 속에서 내가 참 많이 힘들었는데, 그걸 누군가가 겪고 또 홀로 힘겨워하고 있다 생각하니 속이 쓰린가 봐. 그럼에도 이 시간들 속에 빠져 많이 아파 보고, 그 속에서 울었지만 이제 다시 웃기도 하는 내가 당신에게 해 주고 싶은 말은 당신이 보내고 있는 이 시간이, 이 아픔이 절대 헛된 시간이 아니라는 거야. 아픔도, 쓰린 마음도, 주저앉고 싶은 날들도 지나고 보니 다 의미 있는 날들이더라. 당장의 우린 미래를 바라볼 수 없기에 나를 괴롭히는 날들이 원망스럽기만 하지만, 그날들을 딛고 일어나 지금에 와서 원망했던 날들을 돌아보니 마냥 아프기만 한 날들은 아니었더라. 지금의 나를 만들어 준 게 그날들이라 생각하니 원망만 할 수는 없더라. 그러니 당장 오늘이 힘들고, 슬프고, 막막하게만 보여도 삶을 놓지 않았으면 좋겠어. 잠깐 주저앉을 수는 있어도, 울음을 토해 낼 수는 있어도, 방황할 수는 있어도 삶을 등지고 자신을 타박하지는 않았으면 좋겠다는 말이야. 그만큼 내게 깊은 상처를 남기는 경험이 또 없으니까. 그리고 되도록 나 자신을 많이 사랑해 줘. 주저앉아 있는 나에겐 "그래, 오늘의 내가 마음이 많이 지쳤나 보다." 울고 있는 나에겐 "이렇게 살아가다 울음을 토해 내는 날이 있어야 숨을 쉴 수 있지. 오늘은 울음을 토해 내는 날일 뿐이야." 삶이 막막해 한숨만 내쉬고 있는 나에겐 "그래, 정답 없는 세상인데 지금 내가 막막한 게 어찌 보면 당연한 게 아닐까. 잠깐 드는 감정일 뿐이야. 나는 또 잘 해낼 거고, 나는 나를 믿어." 이렇게 아픈 구석의 나에게도 사랑과 위안을 주려 노력해 줘. 다독이고, 안아 주고, 챙겨 주면서 그렇게 자기 자신을 아껴 주며 살아갔으면 좋겠어. 그 마음을 안고 살아가는 데 나의 글이 조금이라도 도움이 되었으면 좋겠다는 바람일 뿐이야. 자꾸 말이 길어지네. 이제 그만 가 볼게. 삶이 힘들 때 종종 찾아 줘. 언젠가, 이 글을 읽은 당신과 내가 각자의 자리에서 나를 사랑하는 두 명의 사람으로 마주하는 날이 왔으면 좋겠다. 그때가 오면 편지 잘 읽었다는 인사로 마주해 줘. 이제 정말 가 볼게. 안녕.

잘하고 있어

　너 잘하고 있어. 의심하지 마. 계속 성장하고 있고, 더 강해지고 있어. 걱정하지 마. 무엇이 되었든 넌 할 수 있고, 해낼 거야. 혼자가 되는 걸 두려워하지 마. 몰입해야 하는 순간이라면 곁에 아무도 없는 것이 네게 가장 도움 된다는 걸 잊지 마. 의심이 머릿속을 비집고 들어와 마음의 중심을 무너트리려 한다면 "아니"라고 단호히 외치며 쫓아내. 집중하고 나아가야 하는 너에게 의심은 도움 될 게 없다는 걸 항상 생각해야 해. 다른 사람과 경쟁하는 게 아니야. 너의 마음과, 두려움과, 불안과 의심과 싸우며 너 자신과 경쟁하며 나아가는 거야. 시선이 다른 이들의 삶으로 돌아가려 한다면 다시 한번 마음 다잡고 나에게 온전히 집중할 수 있도록 멀어지려 하는 나의 시선을 붙잡아야 해. 개개인마다 각자의 속도는 다름이 당연하고 너는 너의 인생에서 너만의 속도로 길을 걷고 있을 뿐이니 항상 나에게 집중하는 것이 우선이라는 것을 잊지 마. 다른 이들을 바라보는 시간은 너의 중심을 흔들 뿐이야. 작은 바늘에 실을 넣어야 하는 것처럼 네게 어려운 상황이 들이닥쳐도 두려워하지 마. 일단 뛰어들어 가 보는 거야. 가만히 제자리에 서서 생각만 한다면 의심과 고민, 두려움이 찾아오기 마련이고, 그리 서서 생각하는 시간은 어떤 것도 해결해 줄 수 없어. 문제를 해결하지 못한다 해도 괜찮아. 뛰어들어 본 경험은 네게 좋은 성장의 발판이 되어 줄 것이 분명하니 말이야. 맞아. 무너지기 쉬운 세상이고, 두려울 게 많은 세상이야. 그렇지만, 그럼에도 한 번 살아가는 삶, 마음 단단히 먹고 뛰어들어 봐야 후에 나의 삶을 돌아봤을 때 의미 있는 시간들과 의미 있는 삶의 조각들로 추억할 수 있지 않을까. 그러니 나에게 최면을 건다 생각하고 매일 되뇌어 봐. "너 잘하고 있어!"라고 말이야.

편견 없는 시선으로 바라보기까지

예전의 나는 누군가를 처음 대면하거나, 나를 알려야 하는 순간이 오면 완벽한 첫인상을 남겨야 한다는 강박을 가지고 있는 사람이었다. 남들 보기에 책잡을 곳 없어야 하는 완벽한 사람. 제가 만든 욕심에 사로잡혀 몸과 마음에 긴장이 잔뜩 들어가 있는 사람. 돌아보니 참 스스로에게 각박했고, 타인을 속 좁게 바라봤던 거 같다. 언제부터였을까. 나의 눈을 속이고, 남의 눈을 속이던 두꺼운 가면에게서 벗어나 나를 괴롭히던 시선들로부터 자유로워졌다. 그도 그럴 것이 애를 쓰고 완벽에 가까워지려 노력해도 나를 흠잡을 이들은 흠을 잡고, 허점투성이의 모습을 보여도 고운 시선으로 바라봐 줄 이들은 곱게 바라봐 주더라. 이 사실을 깨닫고 나니 모두에게 잘 보이려 했던 마음이 얼마나 나 자신을 괴롭히고 있었는지 알게 되었다. 제대로 세상을 바라보고 나니 제각기의 다양한 사람들이 뒤섞여 살아가고 있었고, 모두의 생각과 시선이 다른 세상에 살아가는 내가 타인을 만족시키기란 애초에 불가능한 일이었던 것이다. 욕심이 마음속에 작은 상자를 만들어 나를 그 안에 가두고 있었다. 내가 눈을 뜨지 않으면 나올 수 없는, 상상 속의 시선이 가득한 어두운 상자. 이제는 나를 작은 상자 안에 가두지 않는다. 생각과 감정, 행동을 예의에 벗어나지 않는 선에서 있는 그대로 나라는 사람을 표현하고, 자신을 위해, 나와 함께할 인연들을 위해, 스스로에게, 모두에게 숨김없는 모습을 보이려 한다. 애초에 나라는 사람이 이런 사람이었으니 말이다. 허상을 지우고 나와의 눈높이를 맞추니 그제야 다른 이들의 개성과 다름도 편견 없는 시선으로 바라볼 수 있게 되었다. 나를 제대로 바라볼 줄 알게 돼서야 말이다.

나를 책임진다는 건

나를 책임진다는 건, "그럼에도 불구하고"를 내 입으로 수없이 뱉으며 살아간다는 게 아닐까. 곁을 떠나가는 인연들에 속이 상할 때에도, 마음이 늘어져 세상과 단절되고 싶은 순간에도, 감정에 잠식당해 하염없이 쓰린 속을 마주하는 순간에도, 애를 쓰고 나아가다 또다시 넘어져 울음을 쏟는 순간에도 바닥에 닿아 있는 나의 무릎 위로 두 손을 올려 있는 힘껏 힘을 주고 다시 일어나 삶을 바라본다는 게 아닐까. 세상이 주는 풍파 속에 아무리 무너져도 내 삶에 행복을 들이겠다는 집념으로 기어코 뛰어들어 가 한 발, 한 발 내딛는 것이 아닐까. 깊고 어두운 구덩이 속에 빠져 있는 것 같은 순간에도 분명 밝은 빛이 닿는 순간이 찾아올 거라 바라고 믿으며 살아가는 것이 아닐까. "그럼에도 불구하고 나는 내 삶을 포기하지 않아."라고 되뇌며 단단한 마음을 두 눈에 심고 세상을 바라보려 노력하는 것이 아닐까. 긴 여정 속 많은 감정들이 나를 휘두르려 애를 써도, 요동치는 감정에 그저 흔들리는 것이 아닌 그 속의 나 자신에게 계속해서 말을 걸고, 친밀해지려 노력하며 끊임없이 나를 들여다보는 것이 아닐까. 책임질 것들이 난무하는 세상이지만, 나 하나만큼은 내가 책임져 보겠다 다짐하며 살아가는 것이 나를 위해 해 줄 수 있는 최선의 선택이자 최고의 결정 아닐까. 그렇게 나 자신을 온전히 책임질 수 있는 때가 오면, 이제는 나 자신만큼은 챙길 수 있는 사람이 되었다 스스로 자부심을 느끼는 때가 오지 않을까. 그때가 오면 두렵고 무섭기만 했던 이 세상이 무섭지 않을 때가 오지 않을까. 나 자신을 책임지는 것을 뛰어넘어 주변 이들과, 다른 사람들의 마음까지 챙겨 줄 수 있는 사람이 되는 때가 오지 않을까. 그래, 세상의 모든 일은 나를 책임지는 것에서부터 시작된다. 그렇다면, 그럼에도 불구하고 나와 깊게 대화하며 오늘을 살아갈 이유로 충분하지 않을까. 삶을 잘 살아가기 위해 "그럼에도 불구하고"를 외칠 이유로 충분

하지 않을까. 나를 온전히 책임질 수 있는 사람이 되어
있을 때까지 말이다.

생일

시간이 가면 갈수록 무뎌지는 날. 살아가다 찾아오는 수많은 날들 중 하루. 그럼에도 내가 애틋해지는 하루. 나에게 무언가 해 주고 싶어지는 하루. 특별해질 무언가를 바라는 하루. 생일은 그런 날이 아닐까. 무던히 살아가는 날들 중 너의 날이 찾아오기도 한다며 내게 세상이 무언의 위로를 건네주는 하루 말이다. 생일이라는 이유 하나 수면 위로 떠올랐다며 연락 주는 고마운 사람들과 오늘이라는 날로 인해 거대한 화로가 몸 안에 들어온 것처럼 마음이 온종일 따뜻한 날. 오늘이 지나면 조금 더 열심히 살아가 보겠다 다짐하게 되는 날. 365일 중 마음 놓고 쉬어 가겠다 이야기할 수 있는 날들 사이 가장 거대한 하루, 주변 사람들에게 감사하고, 나의 생일을 데워 주는 사소한 것들에게 감사하게 되는 하루. 회원가입 해 놓고 까먹고 있던 이름 모를 사이트에서 생일 축하한다며 문자를 보내 주는 하루. 그것이 조금은 고마워지는 하루. 이런 연유로 수많은 날들 중 하루라 생각했지만, 지나가는 시간 끌어안고 조금만 더 머물다 가라 이야기하고 싶어지는 날. 나에게 새삼스럽게 태어나 줘서, 살아가 줘서 고맙다 이야기해 주고 싶은 날. 수차례 맞는 생일이지만, 오늘의 생일에 닿기까지 너는 참 잘 해 왔고, 정말 잘 커 주었다고 이야기해 주고 싶은 날. 생일은 나에게 그런 날이다.

기대도 괜찮아

기대도 괜찮아. 도망치듯 네가 사랑하는 것들 곁에 머물다 와도 괜찮아. 울어도 괜찮고, 주저앉아도 괜찮아. 나약해도 괜찮아. 방황해도 괜찮아. 다른 이들의 마음에 짐이 될까 걱정하지 마. 너의 얼룩진 응어리들을 털어놓아도 괜찮아. 실패해도 괜찮아. 지금 방법을 몰라도 괜찮아. 네가 하고 싶은 걸 찾아도 괜찮아. 사랑받아도 괜찮아. 두려움을 느껴도 괜찮아. 익숙하지 않아도 괜찮아. 잠시 숨어도 괜찮아. 네 손으로 너 자신에게 상처 주는 일이 아니라면, 다른 사람 마음에 상처 주는 일이 아니라면 무엇이든 다 괜찮아. 그러니 촉박해 하지 말고, 혼자 숨죽여 울지 말고, 아픈 마음 홀로 삼키지 말고, 다른 이들 시선에 상처받지 말고, 주눅 들지 말고, 사랑에 겁내 하지 말고, 이래도 되나 나 자신을 의심하지 말고 마음껏 세상에 기대. 기대는 곳이 어디가 되었든 전부 괜찮아. 일기장이 되었든, 반려동물이 되었든, 좋아하는 장소가 되었든, 사랑하는 사람이 되었든 어디든 좋아. 기대도 괜찮고, 쉬어 가도 괜찮아. 네 마음이 아프지 않은 게 가장 중요하다는 걸 잊지 마.

흘러가는 시간, 흘러가는 것들

　나의 인생길 안에서 많은 풍경이 지나갔고, 많은 사람들이 지나갔다. 또다시 익숙하지만 매번 새로운 사계절의 풍경을 마주하고, 새로운 사람들의 얼굴을 마주하겠지. 그 속에 새로운 숙제들이 날 찾아오고, 또 한 번 새로운 감정들이 나에게 찾아오겠지. 영화 필름처럼 흐릿하게 지나가는 사람들과, 종이에 새겨진 도장처럼 선명히 내 곁에 머무는 사람들 사이에서 나는 점차 아이의 모습을 벗어나 키가 자라고 모습이 변하겠지. 지금의 나는 어디쯤 머물고 있으려나. 유년기, 아동기를 지나 청년기에 머물고 있으려나. 아님, 청년기를 지나는 중이려나. 자라는 과정 속 나의 시선을 어디를 바라봐야 하나. 그저 현명한 사람이 되기를 바라고, 지혜로운 삶을 살아가길 바라며 묵묵히 걸어가는 게 삶의 정답이 맞으려나. 그럼에도 불구하고 내 삶을 포기하지만 않으면 그걸로 되는 거려나. 다른 것보다 이 물음이 가득한 삶에, 이 여정에 함께할 이들을 바라볼 수 있는 안목을 키워야겠다. 좋은 인연이 지나갈 때 붙잡을 수 있고, 보낼 인연을 마주했을 때 미련 없이 보내 줄 수 있는 사람이 되어야겠다. 그래야 내 삶이 쓸쓸하지 않을 테니 말이야. 아직도 나의 여행길은 진행 중임 분명하고 수많은 돌부리가 날 기다리고 있을 게 훤하니, 그 길을 걸어갈 나를 위해 최선을 다해 단단한 사람이 되어 봐야겠다. 이 과정을 기록하는 일이 나와 같이 자신만의 여정길을 걷고 있는 누군가에게 위안과 힘이 될 수 있다면 더 이상 바랄 게 없고, 단단해지는 과정 속에서 무게를 삼키는 방법도 동시에 터득하는 나의 모습이 조금은 쓸쓸하기도 하지만, 이 모습 또한 나의 모습이니 받아들여야지. 그러다 무너지는 날엔 한없이 무너져야지. 아이같이 주저앉아 울어도 봐야지. 한참을 울다가 다시 일어나 맑은 미소로 사랑하는 이들과 함께 살아가야지. 이 모든 과정을 있는 그대로 받아들여야지. 나의 순간들이 내일의 나를 만들어 줄 테니 말이야.

2장   인연: 마음과 삶을 내어 주는

보이는 게 다가 아닌 세상

아르바이트를 하고 있는 학생은 부푼 꿈을 이루기 위해 밤낮으로 열심히 살아가는 청년일 수 있고, 안정적인 일터를 벗어나 자신의 꿈을 이뤄 보겠다는 사람은 누구보다 용감한 마음가짐으로 세상을 살아가는 사람일 수 있다. 회식 자리에 참석하지 않고 항상 집으로 달려가는 회사원은 집에 어린 아이가 홀로 기다리고 있을 수 있고, 끊임없이 사람들과 약속을 잡는 사람은 누구보다 혼자일 때의 외로움을 두려워하는 사람일 수 있다. 자존심이 강해 보이는 사람은 여린 속내를 들키지 않기 위해, 상처받지 않기 위해 자신을 지키려 애쓰는 사람일 수 있고, 남들 앞에서 잘 울지 않는 사람은 혼자 있는 시간 속 누구보다 서럽게 눈물 닦아 내는 사람일 수 있다. 속내를 잘 보이지 않는 사람은 깊게 상처받은 경험으로 인해 마음의 벽이 단단히 자리 잡은 사람일 수 있고, 항상 곁을 내어 주고 다른 사람에게 배려를 건네는 사람은 나에게도 그리 곁을 내어 주는 사람이 있었으면 하고 간절히 소망하고 있을 수 있다.

보이는 게 다가 아닌 세상이다. 그렇기에 눈에 보이는 모습으로만 판단해서는 안 되는 세상이다. 마주한 사람의 단면을 바라보고 내 안에 무수히 많은 생각들이 떠오른다 한들 그저 나의 생각일 뿐이라는 것이다. 그들이 나의 삶에 조연으로 들어온 것이 아닌, 그들의 삶에 내가 조연으로 들어가기도 했다는 사실을 잊어서는 안 된다. 내게 떠오른 생각과 감정에 휩쓸려 경솔한 말과 행동으로 다른 이들의 삶에, 마음에 피해를 주어서는 안 된다는 말이다. 내 삶에 있는 여러 모습들과 사정들도 타인에게 이해받고 존중받길 바란다면 나부터 다양한 시각으로 상대를 바라보려 노력해야 한다. 그도 그럴 것이 베풀지 않고 바라기만 하는 사람들에게 더할 나위 없이 냉정한 세상이 선뜻 배려를 건네줄 리 없으니 말이다. 그리고 한 가지 장담하건대 자신 앞에 존재하는 타인에게도 여러 모습들과 사정들이 있기 마련이라는 것을 마음속에 염두에 두고 상대를 바라본다면 스스로의 마음이 이리 넓었던가 하며 자신에게 놀랄지도 모른다. 스스로에게 놀라는 순간부터 당신의 시각적 한계는 깨질 것이고, 당신은 어느새 시간이 흐를수록 세상의 많은 것들을 헤아리며 살아가는 지혜로운 사람이 되어 있을 것이다. 그러니 보이는 게 다가 아닌 세상이라는 것을 잊지 말고 넓은 시선으로 세상을 바라보는 사람이 되어 보자. 나는 모두가 깊이 있는 시선으로 세상을 바라보는 배려 섞인 세상이 오기를 바란다.

사랑도 받을 줄 알아야 하더라

　　　혼자가 익숙한 사람들의 이야기다. 혼자서 울음을 삼키는 일에 익숙한 이들은 적막과 공허함, 울음에 익숙하다. 다른 이들에게 나의 슬픔을 이야기한다 한들 해결되는 것 하나 없고, 가뜩이나 쓰린 마음에 애잔한 동정의 말까지 들으면 더욱 쓸쓸해질 것 같아 속으로 삼키기를 선택한다. 타인에게 받은 상처들로 인해 언제부터 마음에 벽이 생기기 된 건지 가늠할 수 없고, 남에게 짐이 되기보단 혼자서 감내하는 편이 더욱 마음 편하기에 계속 혼자이기를 자처한다. 곁에 있는 이들에게 기대고는 싶지만 기대는 방법을 모르는 건지, 기대고 싶지 않은 건지 나 자신도 나의 마음을 가늠할 수 없어 그저 홀로 아파한다. 맞다. 나의 이야기였다. 내가 만든 벽 안에 나를 단단히 가둬 계속 혼자이길 자처했던 날들.

적막과 공허함 속에 빠져 울음을 삼켰던 날들. 나에게도 그런 날들이 있었다. 그런 나의 벽을 허물어 준 건, 지인과 함께한 저녁 식사에서 건네받은 문장이었다.

　　　오래 알고 지낸 인연이었고, 나의 인간적인 모습을 누구보다 잘 아는 인연이었지만, 그간 누구에게 마음 놓고 힘듦을 털어놓은 적이 없던지라 식사 중 건네받은 말이 나에겐 다소 충격적으로 와닿았다. 그때 들은 말이다. "예지야. 네가 항상 그랬던 것처럼 나도 혼자 많은 시간을 보내 보니, 혼자 버틴다는 게, 이게 참 힘들더라. 그래서 곰곰이 생각해 봤어. 너는 지금껏 항상 힘든 티 한 번 낸 적이 없잖아. 그 속이 얼마나 힘들었을까. 다른 사람에게 기대지 않는 네가 얼마나 힘들었을까 이런 생각이 들더라." 꽁꽁 숨겨 둔 나의 민낯이 드러난 기분이었다. 정이 참 무섭다는 말이 이런 일화에서 나온 걸까. 순식간에 나의 아픈 마음 끝까지 지인의 마음이 닿아 온기로 퍼졌다. 공허한 마음 한편에 누군가 나의 힘듦을 알아주었으면 하고 바라던 소원을 숨겨 놓은 탓일까. 식사 중 건네받은 말 한마디가 나의 단단한 벽을 비집고 들어올 줄을 나는 알았을까. 이날을 계기로 많은 걸 다시 생각하게 되었다. 그간 나를 돌아보니 나는 또다시 누군가에게 상처받을까 두려워 혼자임을 택하고 있던 것이었고, 누군가에게 다가갈 자신이 없어 혼자이기를 택하고 있던 것이었다. 사실 누구보다 외로웠고, 누구보다 곁을 내어 줄 이를 갈망하고 있었다. 가슴 아프게도 사랑받는 것이 익숙하지 못해 그저 혼자이길 택하고 있던 것이다. 이제는 사랑을 받고, 사랑을 주는 일에 익숙해지려 하고 있다. 아직 많이 서툴고 낯설지만, 이제 나를 공허함 속에 방치하고 싶지 않다. 그리고 아직 혼자가 익숙한 사람들에게, 공허함이 익숙해진 사람들에게 말해 주고 싶다. "당신, 그동안 홀로 버티느라 얼마나 힘들었을까. 얼마나 쓸쓸했을까. 얼마나 사람이, 사랑이 그리웠을까." 직접 말로 전해 줄 순 없지만, 당신과 같은 마음을 품고 살았던 사람으로서 당신의 아픔을 내가 알아주고 싶다. 문을 열고 온기에 익숙해지는 길을 스스로 택할 때까지 계속이고 문을 두드리고 싶다. 사랑을 받으려면 제 발로 나와야 한다는 걸 이젠 아니까. 사랑도 받을 줄 알아야 하는 거니까.

무너진 나를 일으켜 주는 사람들

마주한 고비들에 처참히 부서지고, 주저앉아 내 안에 스스로를 가둬 버리는 날이 있다. 제 손으로 선택한 고립이다. 이런 날엔 어떤 말도 위로되지 않는다. 말을 잃은 내게 곁에 있는 사람들도 어떤 위로를 건네줘야 할지 몰라 어떤 말도 선뜻 건네지 못할뿐더러, 나 자신이 선택한 고립 속에 빠져 있을 때는 누군가 말을 건네준다 한들 이기적이게도 소음으로 닿아 튕겨져 나가고, 스스로에게 건네는 말들은 전부 날카로운 비난과 자책들뿐이라 강한 힘을 얻은 부정의 말들 틈으로 위로의 말이 닿는다는 것은 사실상 불가능한 일이기 때문이다. 그럼에도 그런 내 곁에 소리 없이 머물러 주는 이들이 있다.

스스로 혼자이길 선택한 내 곁에 혼자 두지 않겠다며 계속 문을 두드리는 사람들. 감정에 잡아먹혀 스스로에게 모진 말을 내뱉고, 텅 빈 눈으로 바닥을 바라보고 있어도 계속 내게 손을 뻗어 주는 사람들. 신기하게도 아무 말 하지 않고 머물러 주는 그들의 실루엣이 고립 안에 빠져 있는 날 구해 준다. 힘을 내 다시 일어나 그들 곁에 서야겠다고 다짐하게 만들어 준다. 기다려 주는 그들을 실망시키고 싶지 않다는 이유로 삶에 욕심내게 만들어 준다. 귀한 인연들이다. 존재만으로 위로가 되는 감사한 인연들이다. 표현에 서툴러 울음 섞인 진심을 자주 건네지 못하지만, 혼자에 익숙했던 내가 '사람들과 함께 살아가 봐야겠다.'라는 용기를 내기까지 계속 곁에서 기다려 준 인연들이다. 그들에게 나도 존재만으로 위로가 되어 주겠다 다짐하며 기어코 부서져 있는 마음 들고 일어나게 해 줬던 그런 나의 귀한 보물들이다.

귀한 마음

마음을 준다는 게 얼마나 고마운 일인지 아는 가. 이해를 먼저 건넨다는 게 얼마나 귀한 마음인지 아는가. 생채기를 감수하고도 사랑에 뛰어든다는 게 얼마나 큰 용기가 필요한 일인지 아는가. 자신의 삶과 마음에 공간을 내어 준다는 것이, 그 공간에 들어간다는 것이 얼마나 큰 축복을 받는 일인지 아는가. 살면서 슬픈 일이 있을 땐 위로를, 기쁜 일이 있을 땐 축복을. 나에게 의미 있는 시간들을 함께해 주는 사람들이 있다는 건, 그들이 내 곁에 머물러 준다는 건 결코 당연한 일이 아니다. 그런 마음을 받고 있다면, 보듬고 품어 사랑으로 돌려주는 이가 되길. 당연시해 곁에서 떠나보내는 어리석음은 멀리하길 바란다.

나를 더 나은 사람으로 만들어 주는 사람들

나를 더 나은 사람으로 만들어 주는 사람들이 있다. 나의 모습이 그들에게 어떻게 비친 건지는 모르겠지만, 묵묵히 내 곁에 머물러 주고, 긍정 실린 말들만 내게 건네주는 탓에 그 말을 건네받은 내가 스스로 '더 좋은 사람이 되어야겠다.' 다짐하게 만들어 주는 사람들이다. 문득 그들로 인해 지금의 내가 이전의 나보다 더 나은 사람이 되어 가고 있는 거 같다 깨닫는 날엔 마치 그들이 내 삶의 길잡이가 되어 주는 것만 같다. 내게 좋은 인연이 되어 준 것처럼 나도 그들에게 좋은 인연이 되어 주고 있을까라는 생각에 잠기지만, 그들이 내게 알려 주지 않는 이상 그 방도를 알 수 없으니 더 좋은 인연이 되어 주기 위해 노력해야겠다는 생각으로 항상 마무리 짓는다. 이 또한 더 나은 사람으로 이끌어 주는 생각이니 길잡이가 분명하지 않은가. 참 고마운 사람들이다. 내 곁에 머물러 줘서 감사한 인연들이다. 더 나은 사람이 되어야겠다. 그들에게 분명히 좋은 인연이 되어주기 위해서라도.

나의 진아 씨

어릴 적부터 엄마는 나에게 참 강한 사람이었다. 궂은 일이 찾아와도 묵묵히 이겨 내는 사람, 항상 굳은 심지를 품고 살아가는 사람, 세상에게 당당히 맞설 줄 아는 사람, 틀린 건 틀리다 확실히 이야기하고 짚고 넘어갈 줄 아는 사람. 엄마를 사랑했지만, 이런 엄마의 강한 모습들 때문에 엄마를 두려워하기도 했다. 엄마의 무너짐을 처음 보기 시작했던 건 초등학교 2학년 시절부터다. 모두가 자고 있는 밤, 부엌에서 홀로 울고 있던 엄마, 술에 기대 울음을 삼키던 엄마, 교통사고가 나 온몸에 유리조각이 박혀도 집에 있는 어린 삼 남매가 걱정돼 성치 않은 몸으로 집까지 걸어와 잘 있는지 확인하고 구급차에 실려 가던 엄마. 밤낮으로 일하면서 우울증이 정신을 갉아먹어도 반찬은 꼭 해 놓고 집 밖을 나가던 엄마, 자신의 삶을 버리고 삼 남매의 삶을 택한 엄마. 막연히 엄마의 무너짐을 바라만 보며 말썽 부리지 않는 딸이 되기 위해 어영부영 10대를 흘려보내고 성인이 되었다. 성인이 되고 혼자 많은 걸 책임져야 하는 현실에 부딪혀 보니 애석하게도 그제서야 우리 엄마의 지나간 젊음이 보이기 시작했다. 고작 나보다 몇 살 더 많았던 젊은 엄마가 감당해야 했던 무게가 얼마나 무거웠었는지, 앳되고 여린 여자가 세상이 주는 압박을 견뎌 내기 위해 얼마나 많은 찬란함을 포기해야 했는지 말이다. 높고 강해만 보이던 나의 엄마가 나보다 조금 더 빨리 삶을 살아간 사람일 뿐이라는 걸 정면으로 마주하니 눈물이 한가득 쏟아져 나왔다. 내가 세상에 나오게 된 건 나보다 삶을 빨리 살아간 두 사람의 결정이었지만, 나라는 존재가 엄마의 찬란한 젊음을 상자로 가두고 엄마라는 틀 안에 갇혀 살게 만든 것 같아 미안했다. 나의 엄마, 나의 진아 씨는 나의 확실한 약점이다. 그래서 나의 확실한 약점인 이 여자가 이제는 '엄마'로 살아가기보단 이름 석 자로 한 여자의 삶을 살아갔으면 좋겠다. 아픈 기억에서 벗어나 더 이상 울지 않았으면 좋겠고, 슬

품은 다 내려놓고 웃음만 가득 머금은 한 여인으로, 사랑받는 여인으로 오래 오래 모두의 곁에서 행복하게 존재해 주었으면 좋겠다. 머리 아프고 복잡한 것들은 이제 훌쩍 커 버린 삼 남매가 감당해 볼 터이니 말이다. 참 고생 많았다. 우리 엄마. 내가 가장 사랑하는 여자. 나의 가장 큰 약점. 엄마.

지금 내게 좋은 인연이라, 그리만 남고 싶었다

걸어온 길 속에서 만난 인연들이 선명히 회상되는 날이 있다. 문득 생각나는 사람들. 내 인생에 비중을 따지자면 나의 일부분을 스쳐 지나간 사람들일 뿐이지만, 왜인지 지나간 사람들 중 진한 향기를 남겨 두고 떠나간 이들이 있다. 기억 속 그들의 얼굴이, 나의 얼굴이 즐겁고, 순간 속에서 서로에게 잠깐이지만 버팀목이 되어 주었던 사람들. 끝없는 이야기를 나누고 서로에게 짙은 향기를 남겨 둔 채 가을의 잎새처럼 각자의 길을 찾아 자리를 떠났다. 좋은 인연이라는 걸 알고 있었지만, 좋은 인연이라는 걸 알고 있었기에, 좋은 기억으로만 간직하고 싶었다. 상황이 비슷한 우리가 함께했고, 함께했던 시간은 행복했고, 나누었던 대화는 따뜻했지만, 밀려오는 아쉬움과는 별 개로 상황이 다른 우리가 인연을 계속 이어 가기 위해 나누는 대화는 우리가 나누었던 마음들을 덮어 버릴 것이 분명했고, 그렇기에 진한 향기가 되어 남기를 선택했다. 그렇게 우리는 서로의 길을 찾아 자리를 떠났지만, 종종 오늘과 같이 선명한 향기가 떠오르는 날엔 그저 안부를 묻고 싶다. "잘 지내고 계시나요? 저는 그때와 같이 잘 지내고 있습니다."

2023년 7월 19일, 친구의 편지

친구가 한 명 있습니다. 이 책에 여러 번 등장하는 친구이자, 가족보다 저를 더 잘 알고 있다 자부할 수 있는 소중한 친구입니다. 2024년을 시점으로 이젠 8년 지기 친구가 되었습니다. 고등학교에서 이 친구를 처음 만났을 때 이 친구는 항상 울적한 표정으로 저의 눈에 띄었습니다. 지금 돌아보니 눈물이 참 많고 어딘가 기댈 곳이 필요해 보였던 거 같습니다. 모든 사람에게 이런 생각을 품는 건 아니지만, 왜인지 그 친구를 바라보면 옆에서 챙겨 주고 싶다는 생각이 절로 들었습니다. 몇 번의 대화 끝에 저와 제 친구는 급속도로 친해지게 되었고 어느 순간부터 저는 정말 이 친구를 곁에서 챙겨 주고 있었습니다. 무너짐 속에 주저앉지 않게 이야기를 들어 주고, 힘든 일이 있을 때 털어놓을 곳이 되어 주고 싶은 친구. 이 책을 읽을 친구에게 혼날 각오를 하고 더 솔직히 이야기해 보자면 아픈 손가락 같은 친구였습니다. 그런 친구에게 작년 어느 날 편지를 건네받았습니다. 편지에 적혀 있던 내용 중 일부입니다.

'이제는 내가 무너지는 게 두렵지 않아. 옛날의 나는 모난 부분 투성이라 생각했는데, 이제는 그 모난 부분을 다치지 않게 다듬을 수 있는 거 같아.' '널 언제나 지지해 주고 응원하겠지만, 가끔 늪에 빠질 땐 내가 손잡고 이끌어 주기도 할게. 그렇게 서로를 믿고 의지해 보자. 힘들 때도 지칠 때도 언제든, 이제는 내게 기대. 난 항상 너의 편이니까.' 편지를 읽는 내내 '내 친구가 정말 많이 성장했구나.' '정말 많이 단단해졌구나.'라는 생각을 했습니다. 챙겨 주고 싶던 나의 아픈 손가락 같은 친구가 어느새 저와 눈을 마주하고 이제는 자신에게 기대어도 된다며 곁을 내어 주고 있으니 말입니다. 8년 친구가 된 저의 귀한 인연의 근래 모습은 자유롭고 당당해 보입니다. 그도 그럴 게 찾아오는 시련과 힘듦 앞에 잠시 주저앉는 일이 있을지언정 자신의 힘으로 다시 일어날 수 있는 근력이 자리 잡고 있어 금방 털고 일어나기 때문입니다. 저는 이 글을 보시는 모든 분들이 일상 속 고민들과 버거운 감정들이 찾아오는 걸 외면하지 않고 저와 제 친구가 그랬던 것처럼 모든 것들을 가슴 아프게 바라보기도 하셨으면 합니다. 회피하는 순간 마음 한편에 집을 만들어 계속 나와 함께하려고 하는 것들이니까요. 다음 장의 글은 친구가 준 편지를 읽고 당시에 적었던 글입니다. 독자님들 모두가 자신의 무너짐이 추락하는 것이 아닌 성장하는 길이라는 것을, 더욱 단단해지는 길을 걷고 있는 것이라는 것을, 지금 걷는 길이 틀린 길이 아니라 올바른 길이라는 것을 스스로 느끼셨으면 합니다. 버티는 삶이 아닌 계속 나아가는 삶을 바라봐요. 우리.

단단해지고 있는 사람들

찾아오는 외로움과 공허함을 피하지 않는 사람. 사는 게 힘이 들어 눈물이 나도 그 순간에 잠시 찾아오는 슬픔이라는 걸 인지하고 울음으로 많은 걸 게워 낼 줄 아는 사람. 자신의 부족한 점을 인정할 줄 아는 사람. 타인에게 배울 점을 계속 찾는 사람. 더 좋은 사람이 되기 위해 꾸준히 노력하는 사람. 서툴지만 고마움 표현할 줄 아는 사람. 자신의 잘못을 인정할 줄 아는 사람. 지금 드는 고민과 상념들을 회피하지 않고 머리 아프게 고민할 줄 아는 사람. 나 자신이 어떤 삶을 원하고 있는지 계속해서 답을 찾으려 하는 사람. 관계에 상처받아도 다시 한 번 사람을 믿어 보려 노력하는 사람. 어려운 상황 속에서 마음이 흔들려도 묵묵히 자신이 해야 할 일들에 집중하려 노력하는 사람. 삶이 무섭고 막막하지만 외면

하지 않고 무던히 계속 바라보는 사람. 이 모든 과정이
나를 성장시키고 있음을 알고 꾸준히 나아가는 사람.

낯간지러운 말

'사랑해' '내 곁에 있어 줘서 고마워' '언제나 네게 힘이 되어 줄게.' 알고 지낸 지 얼마 되지 않은 인연들보다, 알고 지낸 일수를 셀 수 없는 인연들에게 내뱉기 더 낯간지러운 말들이다. 굳이 말로 친밀하다 정의하지 않아도 남들이 바라보는 둘의 모습에 친밀함이 묻어 나오고, 내 곁에 머무는 것이 숨 쉬는 것보다 더 당연한 인연들에게는 아이러니하게도 애정표현 한 마디 건네는 게 참 어렵다. 생각해 보면 만난 지 1년도 채 되지 않은 연인에게는 사랑해라는 말이 자연스레 나오는데, 가족들과 친한 친구들에게 사랑한다 고백하는 일은 큰 다짐을 삼키고 삼킨 후에야 나오지 않는가? 사실은 그 반대가 되어야 하는 게 맞는 것인데 말이다.

각자에게 너무 당연한 존재가 되어 버린 나머지 속 깊은 이야기를 하지 않아도 나에 대해 잘 알고 있을 거라 생각하고, 애정 표현 따위 말하지 않아도 눈빛을 통해 전해질 거라 생각하는 탓일까. 아님, 가리고 숨기며 살아가는 것에 익숙해진 우리가 이미 나의 다른 모습들까지 다 알고 있는 사람들에게 사랑한다 고백하면 숨겨 놓은 마지막 속살까지 다 드러내는 것 같아 두렵고 민망한 탓일까. 당장 내일 세상이 무너진다면 사랑한다 가장 먼저 고백할 사람들은 분명 그들이 맞을 텐데 우리는 많은 것을 재고, 숨기고, 미루며 살아가는 탓에 가장 중요한 가치를 놓치며 살아가고 있다. 처음 한 발자국 떼고 나면 별거 아닌 것들이 난무하는 세상에 마음을 드러내는 일도, 전하는 일도, 사랑을 표현하는 일도 전부 처음이 어려울 뿐인데 말이다. 그러니 사랑하는 연인에게 쏟는 마음, 알게 된 지 얼마 되지 않은 인연들에게 쏟는 마음 조금 빼내어 곁에 우직이 있어 주는 내 사람들에게 낯간지러운 말 한 마디 건네 보자. 내어놓은 말이 마음 한 조각으로 상대에게 건너가 당신과 그들에게 큰 온기 품은 기억으로 남게 될 것이니 말이다. 갑자기 건

넨 한 마디에 당혹스러워하는 상대의 얼굴 표정도 당신
에게 재미난 기억으로 남을 것이 분명하다.

가짜 인연

인간관계의 무너짐을 경험한 사람들이 있다. 믿었던 사람들이 언질 없이 떠나가고, 친밀한 관계라 여겨 마음을 내어 주었는데 후에 관계를 돌아보니 진심을 내어놓았던 사람은 나뿐이고, 믿음이라는 명목하에 묵혀 두었던 속 이야기를 꺼내 주었는데 어느새 나의 이야기가 모두의 이야기가 되어 있고, 상대에게 쏟아 부은 배려와 시간을 당연시하게 받는 것은 물론, 용기 내 한마디 꺼내 보았더니 적반하장으로 도리어 성을 내는 상대를 마주했을 때. 찾아오는 공허함과 괴로움은 정신을 망가트리고 나를 주저앉히기에 충분한 상처를 안겨 준다. 이런 경험을 한 사람들은 대부분 깊은 관계를 맺는 것에 두려움을 느끼고, 한 번의 경험이 트라우마로 남아 "남에게 상처 받을 바엔 차라리 혼자가 나아."라며 스스로 고독 속에 갇히길 택한다. 삶을 묵묵히 걷다 보면 곁에 있는 사람들이 물갈이 되는 시기가 찾아오기 마련이다. 경험상 그 시기에는 어느 정도의 고통이 따르기 마련이고, 스스로 계기를 만들어 주체적으로 인연을 덜어 낼 수도 있지만, 대부분 예상치 못한 외부의 사건으로 인해 만들어진다. 예를 들면 위에 적은 예시들로 인해 말이다.

관계의 무너짐을 경험한 사람들은 의도치 않은 계기를 맞이해 언젠가 맞을 뒤통수를 미리 맞고 상처에 고통 받으며 쓰린 침을 삼키고 있겠지만, 한 가지 알려 주고 싶은 사실은 상처를 통해 교훈을 얻고, 시련을 통해 성장한다는 사실이 변함없이 우리 곁에 존재하고 있으며, 비록 쓰린 침을 삼키게 되었지만 당신들의 삶에 있어 곁에 두지 말아야 할 인연들을 걸러 주는 소중한 계기가 되었다는 사실이다. 물론, 스스로 이런 생각을 하게 되기 까지 시간이 많이 걸릴지 모른다. 아무리 글로 간접 경험을 한다 해도 분명 나 자신이 그리 생각하는 것과, 남이 쓴 글로 인해 생각을 해 보는 것은 큰 차이가 있기 때문이다. 그렇지만, 한 번 더 자신에게 있었던 일을 떠오르게 유도하는 글을 쓰고 있는 사람으로서 당신에게 찾아온 쓰린 교훈은 당신에게 문제가 있다는 것을, 혼자 살아가는 것이 나를 지키는 유일한 방법이라는 것을 알려 주기 위해 다가온 것이 아닌, 더 좋은 인연을 곁에 둘 수 있는 지혜를 당신에게 안겨 주기 위해, 당신만의 관계의 틀을 분명히 갖고 살아가길 유도하기 위해 찾아온 것이라는 걸 알려 주고 싶다.

우연히 좋지 않은 계기를 맞이해, 좋지 못한 인연들을 만나, 좋지 못한 상처들을 안고 살아가는 것도 서러워 땅을 칠 지경인데 스스로를 탓하며 자괴감에 빠져 더 좋은 인연을 삶에 들이기는커녕 혼자라는 상자에 스스로를 가둬 두고 살아가고 있다면 그것이야 말로 진정 울부짖어야 하는 일이 아니지 않겠는가. 그러니 이제는 삶에 크고 작은 계기를 맞이했을 때 "내게 또다시 가짜 인연을 걸러 낼 시기가 찾아왔구나."하고 냉정하지만, 가볍게 내뱉어 보았으면 한다. 썩은 이파리를 떼어 내야 그 자리에 푸릇한 새싹이 나기 마련이니.

관계의 틀

　　상대와 나의 가치관이 다르다 하여 누구 하나 옳고 그름을 논할 수 없다. 더불어 살아가는 삶 속 다양한 사람들이 존재하는 것이 사실이며 나의 가치관 또한 누군가에겐 틀린 것이, 그들의 가치관 또한 나에겐 틀린 것이 될 수 있기 때문이다. 눈앞에 있는 이가 나와 전혀 다른 신념을 품고 삶을 살아가고 있다면 불필요한 눈맞춤과 입씨름은 거두고 각자가 가지고 있는 신념의 결과 같은 결을 가지고 있는 사람들의 곁으로 흘러가면 된다. 상대에게 자신의 신념을 입증시키려 집착한다면 당신과 다른 신념을 가진 수많은 사람들과 대치하게 되는 악순환에 빠지게 될 것이 분명하며, 그리 시간을 쏟는 것만큼 아깝게 낭비하는 시간이 또 없기 때문이다. 나와 많은 것이 다른 이를 직접 마주하고 있다 하여 억지로 관계를 이어 나가야 하는 것은 아니라는 말이다. 수없는 대화의 시도 끝에서도 서로 다른 결의 간극이 좁혀지지 않는다면 그건 배려의 부족도, 존중의 부족도 아닐 수 있다. 삶에 더 좋은 인연을 들이기 위해 각자의 삶에서 흘러가야 하는 인연도 분명 존재하기 때문이다. 이처럼 맞지 않는 관계로 인해 소모하는 시간을 줄이고, 감정 소모를 줄이고 싶다면 당신도 당신만의 견고한 관계의 틀을 만드는 것이 좋다. 기준을 분명히 세워 때에 따라 흘려보내야 할 인연을 흘려보내고, 곁에 두어야 할 인연을 붙잡아 곁에 둘 수 있게 된다면 단단한 인간관계를 형성할 수 있는 것은 물론, 감정을 소모하는 일보다 감정을 내어 주는 일에 더 집중할 수 있을 것이니 말이다.

어느 관계에서든 존중은 무거워야 한다

　　말로 정의되고 모두가 강조하는 것들은 깊은 의미를 내포하고 있지만, 실상 우리의 삶에서는 가장 가볍게 여겨지고 있다. 그중 하나가 존중이다. 사회에서, 친구 관계에서 혹은 가족 구성원 사이에서 각자 한 번쯤은 존중받지 못했던 경험이 있을 것이다. 되려 한 번이라 이야기한다면 다행이라 할 수 있다, 많은 사람들에게 존중을 하나의 문장으로 정의 내려 보라 묻는다면 '존중은 나로 시작해 상대방에게 먼저 건네는 것.'이라고 이야기하곤 한다. 하지만, 피부에 맞닿는 삶 속에선 은연중 상대가 내게 먼저 존중을 건네주길 기다리고만 있는 경우가 많다. 재고 따지는 게 너무 많은 세상에 살고 있다 보니 머리로는 무겁게 생각하지만, 막상 실상의 우리 행동은 그렇지 못하게 되는 것이다. 그로 인해 많은 사람들이 진실된 관계를 찾지 못해 공허함을 느끼고, 어떤 관계에 진심을 보여야 할지 의문을 가지고 삶을 살아가고 있다.

존중에도 자신만의 기준이 있어야 한다. 모든 사람에게 일정한 존중을 건네되 상대가 나의 존중을 당연시 여긴다면 그 관계는 큰 의미 부여하지 않고 뒤돌아설 줄 알아야 한다. 자신만의 기준을 확실히 정하고, 내가 건넨 존중이 상대방에게 건강하게 받아들여지지 않는다면 당신을 위해 그 관계를 차단할 줄 알아야 한다는 말이다. 저자가 스스로 정한 존중의 기준이다. '각자가 주장하는 의견과 가치관이 다르다 하여 어느 한쪽의 잘잘못을 따지는 것이 아닌, 서로의 개성과 생각은 다를 수 있음을 인지하고 나와 다른 의견을 수용하려 하는 것. 다른 이들을 통제하고 억압하려 하는 것이 아닌, 개인의 시간을 존중할 줄 아는 것. 자신의 곁에 항상 함께하지 못하더라도 그 사실을 타박 주는 것이 아닌, 서로의 상황이 다른 탓에 함께하지 못한다는 것을 헤아릴 줄 아는 것. 서로 다른 취향과 취미를 가지고 있다 하여 못

마땅해 하는 것이 아닌, 상대의 개성과 취향을 존중할 줄 아는 것.' 말로 풀어놓아 어렵게 느껴질 수 있으나 잘 생각해 보면 실제 존중이 바탕 되는 관계에 당연하고 자연스럽게 오가는 것들이다. 이리 존중의 기준을 확실하게 정해 놓는다면 존중을 건네는 스스로를 지킬 수 있음은 당연하고, 자연스레 존중의 중요성을 아는 인연들과 함께할 수 있게 된다. 실제로 저자는 위의 기준으로 먼저 존중을 건네고, 존중으로 화답해 주는 이들과 관계를 맺어 좋은 인연이 되어 지금까지도 함께하고 있다. 그러니 이 글을 보고 있는 당신도 자신만의 기준을 확고히 정해 존중을 먼저 건네는 사람이 되어 보자. 먼저 건넨 존중은 당신에게 진실된 관계를 선물해 주고, 그 관계를 오랫동안 유지할 수 있는 힘이 되어 줄 것이다. 잊지 말자. 모두가 강조하지만 쉽게 떠다니는 가치들을 무겁게 지니고 살아가려 노력하는 사람들이 진정 멋지게 삶을 살아가는 사람이라는 것을 말이다.

말의 힘을 알고 있는 사람

말의 힘을 알고 있는 사람이 좋다. 말 한마디에 한 사람의 하루가 무너지고, 한 사람의 하루가 다시 살아날 수도 있다는 걸 알고 있는 사람이 좋다. 한 마디의 말이 굳게 닫혀 있는 사람의 마음을 열 수 있다는 것을 알고 있는 사람이 좋고, 그 말들을 포근히 뱉을 줄 아는 사람이 좋다. 말을 가볍게, 날카롭게 내던지는 사람이 아닌, 필요할 때 무게를 실어 건네고, 그 말들을 되도록 예쁘게 포장해서 꺼낼 줄 아는 사람이 좋다. 진심을 실어 건네는 말이 상대에게 얼마나 큰 위로로 닿는지 그 무게를 알고 있는 사람이 좋고, 뱉는 말뿐이 아닌 상대가 내게 건네는 말도 소중히 담을 줄 아는 사람이 좋다. 사람에 따라, 상황에 따라 사람과 상황을 고려해 말을 뱉는다는 것은 결코 쉬운 일이 아니지만 그럼에도 말이

지닌 힘을 간과하지 않고 조심히 다루려 노력하는 사람이 좋다. 그런 사람을 곁에 두고 싶고, 나도 내 사람들에게 그런 사람이 되어 주고 싶다.

나의 마음이 진심이라도 상대와 같지 않다면

나의 마음이 진심이라도 상대와 같지 않다면 적절한 선에서 흘러나와 있는 감정들을 주워 담을 줄 알아야 한다. 상대에게 품는 감정이 사랑이든, 곁에 인연으로 두고 싶은 마음이든지는 관계없이 한쪽에서 일방적으로 관계를 권유하는 것은 자칫 강요와 무례가 될 수 있고, 무엇보다 적절한 선에서 끊어 내지 못해 통제되지 않는 마음은 나 자신에게 좋지 않기 때문이다. 적당한 호감 표시를 상대에게 내비쳤을 때 상대방으로부터 아무런 대답이 없거나, 불편해하는 낌새가 보인다면 나를 위해, 상대를 위해 더 이상 마음을 내보여서는 안 된다는 말이다. 곁에 두었으면 하는 인연을 흘려보내야 한다는 상실감에 괴롭고 쓸쓸할 수 있지만, 가끔은 세상일이 내 뜻대로 되지만은 않는다는 걸 위안 삼아 흘려보낼 줄도 알아야 한다. 나의 바람이 욕심이 되어 상대에게 불편함을 초래하고, 그로 인해 좋지 않은 사람으로 기억되는 것보단 훨씬 나은 선택임이 분명하니 말이다.

또 한 번의 인연을 흘려보냈다는 사실에 착잡함과 쓸쓸함에 잠식될 수 있지만, 그런 우리들에게 한 가지 분명한 위안은 언제나 욕심내어 잡으려고 하는 것들은 손에 잡히지 않고, 욕심내지 않고 살아가다 보면 언제고 간절히 원했던 것들이 곁에 와 머무른다는 사실이다. 그러니 좋은 인연을 잡기 위해 적당한 노력은 하되, 그 노력이 상대에게 닿지 않는다면 큰 미련 머금지는 말자. 억지로 잡으려다 되레 화를 당하지도 말자. 분명 마음과 마음이 닿는 사람이 있을 것이고, 일방적인 노력을 쏟아 붓지 않아도 당신 곁에 머무를 인연이 꼭 찾아올 테니 말이다.

가스라이팅

'타인의 심리나 상황을 교묘하게 조작해 그 사람이 스스로를 의심하게 만듦으로써 타인에 대한 지배력을 강화하는 행위.' 가스라이팅의 정의다. 우리가 더욱 나 자신의 삶의 주체가 되어 결정권을 가지고 살아가야 하는 이유이기도 하다.

직접 눈으로 목격한 가스라이팅은 보통 회사에서 부당한 대우를 받을까 우려하는 사람들, 나의 사회적 위치가 흔들릴까 두려워하는 사람들, 혹은 다른 이에게 의존하는 마음이 커 상대의 말이 곧 나의 의견이 되는 사람들, 관계를 잃는다는 것에 두려움을 가지고 있는 사람들에게 일어나고 있었다. 반대로 가스라이팅을 행하는 사람들은 남을 이용해 자신의 이득을 취하려는 사람들, 다른 사람들이 입을 피해는 생각하지 않고 자신의 계획대로만 움직이길 바라는 사람들, 상대가 나의 말에 무조건적으로 따르기를 바라는 사람들, 다른 사람이 잘 되는 모습을 못마땅해 하는 사람들, 나와 반대되는 의견을 받아들이지 못하는 사람들, 상대가 내게 의존하는 것을 즐기는 사람들이 있더라. 가만히 그 관계를 살펴보니 가스라이팅을 당하는 사람들은 나보다 과하게 남을 더 바라보고 있었고, 가스라이팅을 하는 사람들은 남보다 나를 더 과하게 바라보고 있었다. 이 글에서 두 가지의 경우를 자세히 써 내려가고 있는 이유는 단 한 가지 때문이다. 지금 자신이 어떤 관계 속에 갈피를 못 잡고 상대의 말에 휘둘리고 있다면 위에 적은 특징들 중 내게 해당되는 것이 있지는 않은지, 상대의 태도에서 위 특징들이 보이지는 않는지 잘 살펴보았으면 좋겠다. 가스라이팅에서 벗어나는 것은 상대가 내게 하는 말과 행동들이 부당하다는 것을 깨닫는 순간부터 시작되니 말이다.

첫 번째 회사에서 정말 고되게 일을 했다. 그 당시 자초지종 나의 상황을 회사에 전부 설명 드리고 퇴사 의사를 밝힌 후 들은 말이다. "안 돼. 내년까지 근무해."
그간 회사 사정을 고려해 너무 이르게 퇴사하게 된다면
누군가에게 피해를 끼칠 수 있다 생각이 들어 미루고 미
룬 후에 밝힌 퇴사 의사였다. 다행이라고 해야 할까 일
방적으로 건네 들은 단호한 한 마디에 정신이 번쩍 들
었다. 반년을 더 근무하라 당연히 이야기하는 뻔뻔함에
나도 단호해질 수 있었다. 부탁과 명령은 다르다. 상대
방의 상황과 나의 상황을 고려해 합의점을 찾는 것과 일
방적으로 내게 맞추라 강요하는 것은 다르다는 말이다.

　　　　이처럼 사회는 우리가 생각하는 것보다 더 냉
정한 곳이다. 한 사람 한 사람의 상황을 배려하며 상대
방에게 맞춰 주려 하는 사람들을 그리 많지 않다. 오히
려, 나는 상대에게 이만큼의 배려를 건네주었는데 상대
는 나를 생각해 주지 않는다며 떼를 쓴다면 아직 철부
지 아이라며 더 큰 냉정함으로 몰매를 맞을 수도 있다.
물론 따뜻하게 받아 주는 사람들도 없진 않지만 그 반대
의 경우가 더 많다는 말이다. 그러니 우리는 거절해야
하는 순간을 구분할 줄 아는 현명함과, 내게 무리한 강

요를 하는 사람들에게 단호하게 이야기할 수 있는 힘을 가지고 살아가야 한다. 모든 사람들이 강한 자에게 강하고, 약한 자에게 약하다면 좋겠지만 알다시피 그 반대의 경우가 더 많기 때문이다. 한 번 휘둘리기 시작한다면 그건 끝이 아니라 시작이 될 것이고, 당신은 당신도 모르는 사이 누군가의 삶을 더 빛내 주기 위해 살아가고 있을 것이다.

모두 애쓰며 자신의 행복을 지키기 위해 살아가는 세상이다. 그러니 당신도 두려움에 굴복하기보단 당신의 행복을 지키는 일에 더 힘써야 하지 않겠는가. 삶의 주인공은 나 자신이라는 것을 잊지 말고, 나를 지킬 용기 정도는 가지고 삶을 살아가자.

보호 수단의 변질, 착하면 손해 본다

'착하면 손해 본다.' 이 생각을 해 본 적이 있으신가요? 저는 사람으로서의 도리라 여기고 한 행동들이 '착하면 손해 본다'라는 결론으로 마무리 지어진 적이 종종 있습니다. 사회에 속해 있다 보면 조금이라도 덜 손해 보려 서로 눈치싸움을 하고 있는 상황이 자주 목격됩니다. 그 상황 속에 처해 있거나, 그 상황을 바라보는 건 꽤나 괴롭습니다. 물론 나의 이득을 먼저 생각하는 것이 무조건적으로 나쁘다 비판하고 싶은 마음은 없습니다. 이미 사회의 문제를 맛본 사람들의 배려 없는 태도와 행동을 보고 난 결론이 '착하면 손해 본다'이었을 테고 그로 인해 어쩔 수 없이 나도 그리해야 하는 경우가 다반사이니까요.

그래서 한편으론 씁쓸합니다. 일종의 자기 보호 수단이 변질된 것이 나의 이득을 먼저 취해야 하는 세상이라니 말이죠. 이런 세상에서 제가 내린 결론은 '나를 지키기 위해 적절한 판단으로 끊어 내는 방법을 알고 있되, 악의가 보이지 않는 상황에선 가끔 손해 보더라도 마음이 편한 선택을 내리는 것이 좋겠다.'입니다. 그도 그럴 게 자신의 이득만을 생각하고 상황을 자신에게만 유리하게 만드는 사람이 있는 반면, 상황과 상대를 고려해 적절한 선을 찾으려 하는 사람들도 분명 있었기 때문입니다. 종종 사회는 배려하는 마음을 가지고 있는 사람들에게 미련이라는 단어를 선물해 주지만, 미련하면 또 어떤가요. 제가 마음 편하면 된 거 아니겠습니까. 하지만, 이런 마음을 옳지 않은 시선으로 바라보는 사람들에게까지 미련으로 비춰질 마음은 없습니다. 이런 마음을 받을 자격이 있는 사람들에게만 내어 주고 싶으니까요. '착하면 손해 본다'라는 말은 우리 주위에서 자주 들을 수 있는 말입니다. 그렇지만, 이 말에 너무 마음이 묶인 나머지 항상 내 것을 빼앗길까 경계하며 살아가는 것보단 소신 있게 내어 줄 몫은 내어 주고,

지킬 몫은 지키는 사람이 되어 보는 게 더 마음 편히 살아갈 수 있는 방법이 아닐까요? 각자의 판단과 생각 속에 살아가는 우리지만, 그 사이에 조금은 틈을 내고 살아가자는 말입니다.

때론 강한 방패로 날 지키기도 해야 한다

　　삶의 이유를 찾는 과정에서 좌절을 경험한 사람들이 다른 사람의 행복을 바라보며 이유 없는 칼을 집어들고 있다. 건강한 정신을 유지하기 위해 끊임없이 노력하고, 자신의 부족한 부분을 가감 없이 드러내며 성장을 향해 걸어가는 사람들을 무너트리려 말이다. 여러 사람 사이 주목받는 한 사람은 여러 사람들에게 많은 평가를 받을 수밖에 없다. 여기서 드러나는 문제는 정당한 평가가 아닌 무분별한 비난과 목적이 뚜렷한 화풀이들이 난무하고 있다는 것이다. 나는 그 대상에서 제외되었다 생각할 수 있지만, 주변 사람들에게 나와 나의 동료, 연인, 가족들 누구든, 언제든 그 대상이 될 수 있다. 좌절을 경험하고 다시 극복하는 과정은 스스로의 정신을 깨고 성장해야 하는 일이기에 쉽지 않은 일임이 분명하지만 그 과정이 고되고 힘들다는 이유로 화살을 다른 이들에게 겨누는 사람들이 너무 많아졌다. 말이 날카로운 형태로 변하면 힘이 더욱 강해져 한 사람의 마음에 단번에 파고든다. 얼굴 없는 말들뿐이지만 그 말의 힘은 한 사람을 무너트리기에 충분한 힘을 가지고 있다는 말이다. 아무리 단단한 정신을 가지고 있는 사람이라도 작은 돌들이 내게 계속 던져진다면 천천히 금이 가다 못해 깨지기 마련이기 때문이다. 그러니 우린 우리를 지킬 적당한 강단과 방패를 지니고 살아가야 한다. 맞서는 것보다 피하는 것이 나은 상황이 있지만, 피하기만 해서 끝나지 않는 상황도 분명 있기 때문에 누군가 내게 이유 없는 비난과 화풀이를 한다면 강한 방패로 난 흔들리지 않는다고 확실히 말해 주기도 해야 한다는 말이다. 현명히 날 지키며 살아가기도 해야 한다는 걸 때에 따라 꼭 떠올려 줬으면 좋겠다.

그럴 수 있지

　'그럴 수 있지.' 남을 배려하면서도 나를 지킬 수 있는 문장이다. 또한 상대방의 성숙도를 짐작할 수 있는 문장이기도 하다. 모든 일이 뜻대로 이루어지지 않는다는 것을 인정하고 상황을 의연하게 받아들이는 태도와 자세는 그 사람의 깊이를 보여 주기 때문이다. 나와 취향이 다른 사람과 대화를 나눌 때, '이 사람은 나와 다른 취향을 가지고 있네. 그럴 수 있지.' 다른 이의 예민함이 내게 닿았을 때, '저 사람은 오늘 예민하네. 그럴 수 있지. 흘려보내자.' 상황이 나의 뜻대로 흘러가지 않을 때, '언제는 뜻대로 흘러가는 세상이었나. 그럴 수 있지.' 상대를 배려하면서도 의연하게 자기 자신을 지킬 수 있는 문장이다. 이 말을 습관처럼 입에 붙인다면 내게 들이닥치는 예상치 못한 상황들로부터 물 흐르듯 벗어날 수 있게 된다. 그러니 이 글을 보고 있는 당신도 '그럴 수 있지'를 습관처럼 이야기해 보는 건 어떨까? 이 작은 문장이 많은 고비와 감정들로부터 당신을 구해 주고, 위험천만한 세상에서 조금 더 마음 편안히 살아갈 수 있게 도와줄 것이니 말이다. 내게도 그리해 주었으니 분명 당신에게도 그리해 줄 것이다.

비난은 우리의 정신을 흙탕물로 만든다

　　말의 힘은 강하다. 강해서 때론 약하게 뱉어야 하고, 때론 부드럽게, 때론 나오려는 말을 붙잡고 삼키기도 해야 한다. 가만히 앉아 우리들이 살아가고 있는 세상을 바라보면 항상 무겁게 여겨져야 하는 것들이 가볍게 떠다니고, 가볍게 흘러가야 할 것들이 무겁게 눌어붙어 있다. 이 글의 주제인 말이 그렇다. 상대를 존중하는 말들은 우리 머리 위에 가볍게 떠다니고, 상대를 비난하는 말들은 살이 붙어 무게가 무거워진 탓인지 가볍게 흘려보내야 하는 것들이 우리 곁에 진득하게 눌어붙어 떼어 내려 해도 떼어지지 않고 있다. 문제는 우리들의 마음이다. 이상한 스펀지처럼 비난의 말들만 마음속에 흡수해 무겁게 지닌 채 살아가고 있으니 말이다. 건네받은 존중의 말들은 당시를 회상해야 간신히 떠오르지만, 가볍게 건네받고 무겁게 지니고 있는 비난의 말들은 수시로 떠올라 정신을 괴롭힌다. 맑은 물에 적은 양의 흙탕물이 들어가도 뿌예지는 것처럼 맑은 정신에 작은 비난 한 조각 들어오면 정신이 비난에 잠식당하기 쉽다는 말이다. 그러니 남에게 뱉는 말도 신중히 뱉고, 내 안에 들이는 말들도 걸러 들여야 하지 않겠는가? 무분별한 비난은 조언과 의견, 정당한 가르침이 되어야 하는 게 맞고, 안타깝게도 그러지 못한 말들이 우리 주변에 도사리고 있는 것이 사실이기에 자신을 지킬 만한 강한 정신을 키워야 하는 것이 맞다. 모든 것이 나로 시작된다. 나 하나쯤은 괜찮을 거라며 문제들을 외면하는 것이 아닌, 나 하나부터 말의 힘을 간과하지 않고 살아가겠다 다짐하는 순간이 변화의 시작이라는 것이다. 그러니 나와 남을 지킬 말을 뱉고 살자. 남을 무너트리는 말을 뱉는다면 언젠가 그 말이 나를 무너트리기 마련이니.

덜어 내고, 덜어 내고, 덜어 낸다

놓지 못해 붙잡고 있던 관계로 인해 고통 받고 있다면 지금 떠오르는 그 인연을 덜어 내도 된다. 쌓인 부정의 감정들과 머릿속 정리되지 않는 생각들로 고통 받고 있다면 그 또한 외면하고 덜어 내도 된다. 당신이 이 글을 읽고 어떤 인연들과 생각들 그리고 감정들을 떠올린다면 바로 그것이 당신이 더 나아가기 위해, 삶을 긍정으로 채우기 위해 덜어 내야 하는 것들이다. 다른 이들의 시선과 들려오는 말들과는 별개로 자신의 삶에 주도권을 잡고 선택하는 건 당신이기에 어떤 선택이 당신의 삶에 최선의 선택이 될지 치열하게 고민하고 덜어 내고 비워 낼 줄 알아야 한다. 생각해 보자. 불필요하고 불편하고 머리 아픈 것들에게서 벗어난다면 그때의 나의 모습은 어떠할까. 마음을 잡아 두는 게 없다면 꽤나 자유롭지 않겠는가. 그러니 나의 삶이 무언가로 인해 휘둘리고 있다면 그 순간이야말로 나를 위해 선택해야 하는 순간이다. 담고 있을 것인지, 덜어 낼 것인지. 제자리에서 고통 받고 있을 것인지, 비우고 나아갈 것인지.

가족에게도 선이 있어야 한다

가족. 가족은 언제나 내게 든든히 기댈 수 있는 존재가 되어 주지만, 언제든 나의 발목을 잡을 수 있는 존재가 되어 버리기도 한다. 내게 좋은 일이 있을 때, 힘든 일이 있을 때 묵묵히 곁에 있어 주는 소중한 사람들이지만, 다른 관계와는 달리 처음부터 모든 마음의 문이 열려 있어 내게 가장 쉽게 생채기 낼 수 있는 사람들이 되어 버리기도 한다는 말이다. 담장 없이 모든 문이 활짝 열려 있는 관계는 서로에게 미치는 영향력이 크기 때문에 상대에게 건네는 말과 행동에 신중과 조심을 기울여야 함이 맞다. 하지만 많은 시간과 세월, 그 속에서 서로의 곁에 당연히 자리 잡고 있는 가족이라는 관계 속에선 배려와 조심이라는 말이 다소 낯설게 느껴지기 쉽기 때문에 우리는 가족구성원이기 전에 나라는 사

람으로서 그들이 하는 말과 행동들로부터 자신을 지켜
야 할 의무가 있다. 삶에 주는 영향력이 큰 사람들이기
에 그들이 하는 말과 행동이 내게 부정적인 영향만 끼
친다면 스스로의 냉철한 판단하에 흘려보낼 줄 알아야
한다는 말이다.

믿음과 사랑이 당연한 관계, 존재들이 바로 가
족이지만, 필요 이상으로 가족들에게 의지하며 삶을 살
아가다 보면 가족이라는 공동체 안에서 나라는 사람으
로 분리할 수 없게 될지도 모른다. 쉽게 결론부터 이야
기하자면 가족 구성원 속의 나와 그냥 나의 삶은 분리되
어야 하는 게 맞고, 가족구성원으로 가족의 일에 최선을
다하며 가족의 행복을 바라야 하는 건 맞지만, 그것과
나 개인의 삶 속 행복은 별개가 되어야 하는 것이 맞다.
생각해 보면 사회에서 다른 사람들에게 상처받기 전에
우리는 가족들에게 먼저 상처받고, 사회에서 다른 이들
에게 외면당하기 전에 가족들에게 먼저 외면당한다. 사
랑도 가족에게서 배우지만, 상처도 가족에게 가장 먼저
배운다는 말이다. 그러니 나의 사랑하는 가족이 내게 가

족이라는 이유로 당연하게 거친 말을 내뱉는다거나, 가족이라는 이유로 개인의 삶을 억압한다거나, 가족이라는 이유로 나의 삶을 통제하려 하진 않는지, 가족이라는 이유로 너무 많은 걸 허락하고 있진 않은지 나 자신을 위해 냉철히 판단하고 선을 분명히 지켜야 한다. 가족이라는 구성원으로 시작해 그 구성원 중 일부로 삶을 살아가는 것이 아닌, 가족이라는 구성원이긴 하지만 모두가 각자의 자리에서 삶을 살아가는 개인이기도 하다는 걸 잊어서는 안 된다는 말이다. 나의 엄마, 나의 아빠, 나의 자매, 나의 형제가 나의 당연한 존재들이 아닌 한 명의 인격체로 삶을 살아가는 사람이라는 걸 인식하는 순간부터 나도 그들의 삶을 존중할 수 있게 된다.

사람으로 인해 상처받고, 사람으로 인해 살아
가게 되는 삶

새로운 사람을 사귈 때 언제부턴가 습관처럼 경
계를 하고 있다. 세월이 지나면 지날수록 고인 물처럼
곁에 항상 머물러 주는 사람들과의 관계는 깊어져 가는
반면, 낯선 사람을 만나 온전히 나를 다 드러내고 마음
을 내어 보이는 일은 흔치 않아졌다. 그도 그럴 게 사람
과 사람 사이 관계가 깊어질수록, 함께한 시간이 길면
길수록 상대방이 내게 내는 상처의 깊이가 더 깊어지는
것이 사실이고, 한 번 경험해 본 바로 그 상처는 회복하
기 아주 힘들기 때문이다. 그렇기에 관계를 맺는 일에
신중할 수밖에 없다.

사람과 사람의 관계는 모순적이다. 살다 보면

사람 때문에 무너지고, 사람에 질려 어둠에 잠기는 순간이 있다. 그리 어둠에 잠겨 제자리에 웅크리고 있을 때, 나아갈 힘이 없어 머무르고 있을 때, 모순적이게도 이제 그만 나오라며 손을 뻗어 주는 것 또한 사람이다. 그러니 애석하게도 미워하지만은 못하는 게 사람이라는 것이다. 사람으로 인해 상처받고, 사람으로 인해 살아가게 되는 삶이다. 그러니 사람을 피하기만 하는 것보단 사람을 잘 가릴 수 있는 안목을 키워야겠고, 관계속에 또다시 상처받을 수 있겠지만 그럼에도 잘 이겨 낼 수 있는 마음의 근력을 키워야 하지 않겠는가. 그 과정이 신중하고, 어렵더라도 삶의 사랑을 나눌 인연을 찾을 수만 있다면 보상으로는 충분하다. 경계하고, 경계하지만, 조금은 느슨하게 바라보는 연습을 꾸준히 해 나가야겠지. 그럼에도 사람으로 인해 살아가게 되는 삶이니까.

눈을 마주하고 대화 나누는 순간을 사랑한다

문득, 모든 감정에 더 솔직해도 괜찮지 않을까라는 생각이 들었다. 재고, 따지고, 뒤돌아서 홀로 고민하는 것보다 마주 보고 나누는 대화에 집중하는 시간이 더 많아도 괜찮지 않을까 하며 말이다. 고민과 갈등은 진솔한 대화 속에서 해결되고, 침묵 속에서 몸집을 키운다. 얼굴을 마주 보고 대화하면 엉켜 있는 실의 끝부분을 찾을 수 있지만, 등지고 대화를 회피하면 감정의 응어리가 더욱 심하게 엉켜 먼지 덩어리로 변해, 버리지 않고선 감당할 수 없을 만큼 거대해진다는 말이다. 각자 다른 생각을 가지고 살아가는 우리가 혼자의 자리에서 홀로 생각해 판단 내리고, 홀로 고민에 빠져 시간을 보낸다 한들 두 사람 사이에 만들어진 일이 해결되진 않는다. 그러니 나의 인연을 지키고 싶다면, 한때의 감정으로 나의 사람을 떠나보내고 싶지 않다면 용기 내 얼굴을 마주 봐야 하지 않을까. 맨 얼굴을 마주하고 솔직한 감정을 내보이며 대화 나눈다는 것이 익숙하지 않겠지만, 등 돌려 서로를 외면하는 시간 속 침묵은 생각보다 힘이 강해서 분 단위로 몸집을 키워 우리의 연을 끊어 놓으려 애를 쓸 것이니 그리 놔두고 싶지 않다면 자존심보단 진심을 택해야 하지 않을까. 모두 각자의 힘듦을 안고 살아가는 세상에 자존심보단 진심을 택해 서로의 곁에 오래 머무는 인연이 되어 주자. 서로의 숨구멍으로 존재해 주자. 나는 눈을 마주하고 대화 나누는 순간을 사랑한다.

나무 같은 사람이 되고 싶다

  뿌리를 깊게 내린 나무 같은 사람이 되고 싶다. 곁에 있는 이들이 힘겨워 할 땐 그들의 이야기를 묵묵히 들어 주고, 힘이 되어야 할 순간에 때를 지나치지 않고 진심 실어 응원의 말을 건네주는 사람. 자잘한 슬픔에 젖어 있는 사람에게 작은 유머를 선물해 줄 수 있는 사람. 사랑을 갈망하는 사람에게 진정한 사람은 나에게서 비롯된다는 것을 천천히 곁에서 알려 줄 수 있는 사람. 상처에 익숙해져 우는 법을 잊어버린 사람에게 그럼에도 나는 네 곁에 있겠다며 천천히 자신을 돌아보게 이끌어 줄 수 있는 사람. 무너지고 포기하기 쉬운 세상이라도 '그럼에도'를 항상 뱉으며 여기 포기하지 않는 사람이 있으니 함께 힘내어 보자고 손 내밀 수 있는 사람. '내가 걷는 길과 내 발자취가 누군가에게 힘이 될 수 있다면 기어코 힘든 길이라도 걷겠다.' 다짐하고 꾸준히 나아가는 사람. 슬픔이 찾아오면 누구보다 진심으로 울고, 속에 있는 많은 것들을 게워 낼 줄 아는 사람. 소중한 사람이 무너졌을 때 묵묵히 어깨를 내어 주는 사람. 불안 속에 살아가는 나와, 다른 이들에게 계속 '괜찮다.' 이야기해 줄 수 있는 사람. 내 자리에서 많은 경험과 많은 감정과 많은 생각을 품고 땅속 깊이 뿌리내려 잠시라도 내 사람들이 쉬어 갈 수 있는 그런 단단한 나무 같은 사람. 나는 그런 사람이 되고 싶다.

낭만

　　함께 길을 걷다 나의 발걸음을 멈춰 세우는 사람이 좋다. 자신에게 닿은 세상이 너무 예뻐 함께 보자며 내 손을 붙잡는 사람이 좋다. 시선을 공유할 수 있는 여유와 마음을 가지고 있는 사람이니 말이다. 하늘을 자주 올려다보고 바닥을 자주 내려다보는 사람이 좋다. 계절의 지나침을 놓치지 않고 두 눈에 담으려 하는 사람이니 말이다. 서툴지만 선명히 마음을 표현할 줄 아는 사람이 좋다. 솔직함을 누구보다 담백하게 표현할 줄 아는 사람이기 때문이다. 뜬금없어도 낯부끄러운 사랑 고백을 할 줄 아는 사람이 좋다. 특별하지 않은 하루에 특별함을 불어넣을 줄 아는 사람이기 때문이다. 나는, 그런 낭만 한 조각 가슴에 품고 살아가는 사람이 좋다.

사랑은 타이밍

좋은 인연이 찾아와도 나의 삶에 사랑을 들일 공간이 없다면 과연 찾아온 인연을 좋은 인연이라 할 수 있을까. 비슷한 취향을 가지고 있고, 막힘없이 물 흐르듯 대화가 통하는 사람이라도 각자의 삶에 사랑을 들일 공간이 없다면 과연 함께할 수 있을까. 의지로 모든 걸 이겨 내고 만남을 이어 가려 해도 사랑에서 조금만 눈 돌려 삶에 집중하게 되는 순간 나도 모르는 사이 뒤로 밀려 있는 게 사랑이기도 하다. 그렇기에 사랑은 삶과 상황에 지기 쉽다. 또한 스스로가 의지를 가지고 이 인연을 지키겠다 다짐한다 한들 상대도 나와 같은 온도로 의지를 품고 있을지 또한 의문이다. 처음부터 사랑에 온전히 몸을 담갔으면 모를까. 이미 삶의 키가 사랑의 키보다 더 커져 있는 지금, 나에게 좋은 인연은 스스로의 삶에 사랑을 들일 공간이 있을 때 동일하게 사랑의 공간을 마련하고 다가오는 인연이 아닐까. 그래서 사랑은 타이밍이라는 말이 있는 게 아닐까.

다정함이 향기가 되어 버린 사람

똑같은 문장도 선한 단어와 다정한 어투로 이야기해 주는 사람이 좋다. 그들이 건네는 문장에는 상대를 향한 세심한 배려와 마음이 담겨 있기 때문이다. 그들 곁에서 다정함은 특정 분위기가 되기도, 특유의 향기로 변하기도 한다. 다정함이 사람 마음에 스며들어 그 사람 자체가 되었을 때, 그들 곁에 머무는 것만으로도 편안함을 느낄 수 있다. 나는 줄곧 그런 사람을 닮고 싶었다. 높은 고도에 걸려 휘날리는 다른 사람의 마음을 단숨에 평지로 끌고 내려와 주는 다정한 힘을 품고 있는 사람. 대화를 나누고 시간을 나누는 것만으로도 마음 한편이 따뜻해짐을 느낄 수 있는 사람. 다정함을 품으려 노력하는 것을 넘어 향기로 깃들어 있는 그런 사람 말이다. 언젠가 나의 다정도 누군가에게 그리 느껴지길 바라본다.

사람이 사랑이 되어 내 곁에 머문다면

사랑은 삶을 성장시키고자 하는 욕구와 사랑을 삶에 들이고자 하는 마음 사이 여러 번 나를 방황하게 만들고, 삶과 사랑 사이에서 균형을 잘 잡아 보라며 매번 새로운 과제를 던져 주곤 한다. 어느 한쪽에 치우치지 않고 삶을 살아가 보라며 말이다. 그도 그럴 것이 우리는 삶에 집중해 살아가다가도 자연스레 사랑을 갈망하고, 사랑에 푹 빠져 삶을 살아가다가도 어느새 나의 성장을 갈망하고 있기 때문이다. 한쪽에 치우치는 순간, 다른 한쪽은 정체되어 성장하지 않고 일정 시기에 계속 머무를 수밖에 없으니 이 얼마나 어려운 과제인가. 평생의 숙제가 될지도 모르는 과제를 사랑은 너무 손쉽게 내어 주었다.

내면의 성숙도가 높아지고 삶의 농도가 짙어질수록 더욱 어려워지는 것이 사랑이다. 하지만, 사랑은 짙어지는 삶의 농도 속에서 사랑을 용기 내 직시한다면 사랑의 경험이 삶을 더 빛나게 만들어 주고, 또 다른 교훈으로 남아 네게 스며들어 있을 것이라 이야기하고 있다. 마음 충만한 세상을 바라볼 수 있게 될 것이라고 말이다. 그래, 사랑이 나와 우리의 삶에 주는 찬란함이 있다면, 그 끝에 사람이 사랑이 되어 내 곁에 머무를 수 있게 된다면 이 과제를 기꺼이 기쁜 마음으로 감내할 가치가 있는 것이 아닐까. 이 어려운 과제들을 풀어낼 가치가 있는 것이 아닐까. 사람이 사랑이 되어 내 곁에 머문다면 말이다.

향기 머금은 사랑

　　설익은 과일 같은 사랑이 아닌, 농익은 과일처럼 진하고 향기 가득한 사랑을 하고 싶다. 겉모습에 이끌려 씹어 본 다음 일그러진 표정으로 두 손에서 내려놓는 사랑이 아닌, 깊은 이야기 속에서 딱딱했던 마음이 점점 말랑해지고 그 끝에 기어코 서로의 목구멍으로 넘어가 마음속에서 하나 되는 그런 사랑 말이다. 향기를 나누고 손을 마주 잡아 보이지 않는 곳에서도 나를 애틋하게 여기고 당신을 애틋하게 여기며 서로의 안녕을 바라는 마음 고이 간직하고 싶다. 진하게 익은 마음 나누다 당신의 삶이 나의 삶에 닿는 날이 온다면 오롯이 당신 몫인 그 부분까지 바라보며 기원해 줄 것이다. 부디 내 손이 닿지 않는 곳까지 향기 가득하게 익어 당신이 자신의 삶에게 사랑을 느낄 수 있게 해 달라고 말이다. 찬란하다는 단어에 어울리는 그런 사랑을 가득 끌어안고 싶다.

사랑하는 사람과 함께할 땐

사랑하는 사람과 함께할 땐 울음이 터져도 그 끝에선 웃음으로 서로를 바라보길 바라요. 애타는 마음과 애정이 흘러넘쳐 둘 사이 많은 감정들이 함께하고, 간혹 소용돌이가 몰아쳐 서로의 마음을 힘들게 하겠지만, 이 모든 과정이 서로를 원하고 사랑하는 마음에서 비롯된 것이라는 걸 잊지 말아요. 그리고 되도록 서로의 앞에서 솔직해져요. 사랑 앞에서의 솔직함은 관계를 더욱 끈끈하게 만들어 주고, '나'에 익숙한 서로를 '우리'라는 이름으로 함께하게 만들어 줄 테니까요. 종종 서로의 어깨가 한껏 내려앉아 있는 걸 발견하면, 손잡고 과감히 세상에게서 뒤돌아요. 함께 도망쳐 새로운 추억을 쌓고, 숨을 쉬고, 내려앉아 있는 어깨 힘껏 끌어올린 후 다시 돌아와요. 그렇게 서로에게 나무 같은 존재가, 함께 도망칠 수 있는 든든한 아군이 되어 주는 거예요. 힘 껏 끌어안고, 의지하고, 눈을 마주하고, 발걸음을 맞추 며, 계속, 계속, 깊게 사랑을 느껴요.

기왕이면 그 속에 사랑이 가득했으면 하고
바란다

　　사는 게 뭐 있나. 울적할 땐 옆에 있는 이들에게
기대고, 다시 오색찬란한 풍경 바라보며 웃다가, 마음이
갑갑할 땐 밖에 나와 하염없이 걷고, 문득 도전하고 싶
은 게 생기면 뛰어들어 최선을 다해 보다가, 마음이 지
치면 쉬어 가는 거지. 그리 살아가다 옆에 있는 이들이
삶에 지쳐 주저앉으려는 게 보이면 그들 곁에 가 잠시
어깨를 내어 주고, 푸념처럼 늘어놓는 마음의 짐을 가
만히 들어 주다가, 다시 세상을 함께 걸어 보자고 손을
내미는 거지. 혼자로 살아가다, 둘이 되고, 다시 혼자 걷
다, 또다시 둘이 걷기도 하며 혼자에 익숙해지기도, 둘
에 익숙해지기도 하는 거지. 그리 흘러가듯 사는 거지.

그렇지만, 그럼에도 그 속의 우리가 절대 잊어서는 안 되는 사실들이 있어. 둘이 되기 전 혼자에 익숙해져야 둘이 되었을 때의 행복도 품을 수 있고, 내가 나 스스로에게 곁을 내어 줄 줄 알아야 다치지 않고, 무리하지 않고 다른 이들에게 힘이 되어 줄 수 있다는 것. 어김없이 사람들 틈에 끼여 정신없이 살아가고 있지만 각자의 자리에서 각자에게 애틋한 사람이 되어 줘야 상대도 애틋한 눈으로 바라볼 수 있고, 나에게 먼저 진실할 줄 알아야 진실한 사람들이 나를 알아보고 곁에 다가온다는 거야. 결론적으로 나 자신을 먼저 돌아볼 줄 아는 사람이 건강한 관계를 맺을 수 있다는 것이고, 그러기에 관계를 들여다보기 전, 세상을 넓게 바라보기 전, 나 자신을 먼저 돌아보고 챙겨야 한다는 거지. 나를 바라볼 줄 아는 사람이 남을 바라볼 줄 아는 법이고, 남을 바라보다가도 나로 시선 돌릴 줄 아는 사람이 진정 나와의 관계를 지킬 줄 아는 사람이라 생각해. 나라는 사람으로 중심을 잡고, 건강한 관계를 추구하며 울퉁불퉁한 세상을 묵묵히 걸어 나간다는 건 분명 쉽지 않은 길이 되겠지만, 이 길이 나에게, 당신에게 삶의 주체가 되어 건는 귀한 삶과 귀한 인연들을 가져다줄 것이라 믿어 의심치 않아. 진심으로 당신들을, 나를 응원하고, 기왕이면 그 속의 우리가 울음보단 사랑이 가득했으면 하고 바라.

3장

기억: 살게 하는, 사랑하게 하는

시야의 확장

    나를 사랑할 줄 아는 사람이 남을 사랑할 줄 아는 법이고, 남을 사랑할 줄 아는 사람이 세상을 사랑할 줄 아는 법이다. 나의 여린 모습을 부정하지만, 그럼에도 애정하려 노력하는 사람이 자신에게 애틋함을 느껴 진정 사랑을 할 수 있게 되고, 자신에게 애틋함을 느끼는 사람이야말로 남의 여린 모습들을 인간미로 포용해 전심으로 남을 사랑할 수 있게 된다. 그렇게 나와 남을 포용할 줄 알게 되는 순간부터 좁은 시야가 깨지기 시작한다. 일과 집으로 가득했던 나의 세상이, 나와 타인만 가득했던 나의 세상이 조금씩 넓어지기 시작한다. 발을 뻗는 곳이 나의 삶의 배경이 되고, 눈길이 닿는 모든 것들이 내 삶에 의미를 심어 준다. 길가의 꽃들도, 맑은 하늘도, 계절도, 지하철 창문 밖에 스쳐 지나가는 풍경도, 흐르는 물에 떠 있는 윤슬도, 날아다니는 나비도. 세상에 존재하는 모든 것들이 내 삶의 배경이 되고, 장식이 된다.

상상해 보자. 나에서 남이 보이고, 남에서 세상이 보이기 시작해 이 구역질 나는 세상이 맑고 살아가보고 싶은 세상이 되는 순간을. 실없는 소리라 할 수 있지만, 세상은 항상 생각하기 나름이었다. 넓게 바라보려 노력하면 세상은 내게 넓은 세상을 안겨 주었고, 작게 세상을 바라보면 세상은 내게 작은 세상을 안겨 주었다는 말이다. 선택이다. 내가 무엇을 보고 살아갈지, 무엇을 느끼며 살아갈지. 이 모든 것이 전부 내게 달려 있다. 그러니 이왕 살아가는 삶, 번거롭더라도 나와 남과 세상 전부를 보고, 느끼고, 품으며 살아가야 하지 않겠는가. 그리 살아가는 게 내 삶을 더 의미 있게 만들어 주지 않겠는가. 이러나저러나 유영하며 살아가야 하는 삶이다. 그렇다면 작은 돌 틈 사이 갇혀 그곳이 내 세상인마냥 안주하며 머무는 삶을 택하는 것보단, 바닷속에서 자유롭게 헤엄치는 삶을 택해야 하지 않겠는가. 나는 이 글을 보는 많은 사람들이 시야를 넓히는 일을 멈추지 않았으면 좋겠다. 자신의 삶에 의미를 찾으며 이 넓은 세상을 배경 삼아 자유롭게 살아갔으면 좋겠다. 마음에 용기를 건네주고 싶다. 번거로움 감수하고 그리 살아가려 노력하는 사람이 여기 있으니 그리 살아가는 삶을 겁내지 말라고 말이다. 혼자 걷는 삶이 아니니 두려워하지 말라고 말이다. 우리 모두 자유롭게 살아갈 자격이 있는 사람들이니.

어느 날 갑자기, 그럴 수 있지 않을까

세상의 아름다움이 보이기 시작했던 시점은 공교롭게도 고난과 시련을 겪은 후였다. 업에 치우쳐 앞만 보고 달리다 보니 제 욕심이 나의 숨을 조여 왔고, 잠시 쉬어 가는 건 뒤처지는 것이라 생각했던 나는 다행히 휘청거리는 마음이 무너져 내려앉기 전에 세상으로 시선을 돌렸다. 무슨 연유인지는 아직도 모른다. 그저 마음이 많이 지쳐 숨을 쉬고 싶었던 건지도 모르겠다. 어느 날 문득 하늘을 올려다봤다. 꺾인 고개, 시선 끝엔 구름이 움직이고 있었다. 시선을 조금 더 내려 해가 비친 나무를 바라보니 가을 단풍잎이 조화로운 색을 뽐내기라도 하는 듯 살랑이고 있었고, 조금 더 내려오니 벽돌과 벽돌 사이에 작은 꽃 하나가 고개를 내밀고 있었다. 하루 일과를 마치고 집으로 돌아오는 지하철 안에선 핸드폰을 뒤로 하고 유리창 밖을 바라봤다. 지는 노을 사이로 한강 물이 윤슬을 만들어 내고 있었다. 어찌나 예쁘던지. 당연한 것들이 그제야 눈에 보이기 시작했다.

집에 돌아와 멍하니 창밖을 바라보며 생각했다. 나는 뭐가 그리 바쁘다고, 뭐가 그리 급하다고 주위 돌아볼 여유조차 스스로에게 허락하지 않는 삶을 살고 있었던 걸까. 살아 숨 쉬는 모든 것들이, 주위의 많은 것들이 나와 함께하고 나의 시간 속에서 함께 흘러가고 있다는 사실이 이리 내게 위안과 안정을 건네주는데, 그동안 얼마나 어리석은 삶을 살고 있었던 걸까. 그동안 나에게 얼마나 각박하게 굴었던 걸까. 차가운 건 세상이 아니라 스스로에게 모질게 굴었던 나였다는 걸 그제야 깨달았다. 이제는 스쳐 가는 풍경을 놓치지 않고 품으려 한다. 지나가는 풍경이 아름다워서가 아닌, 이 아름다운 풍경을 나에게 보여 주고 싶어서. 덜컹거리는 지하철 안에서도 작은 상자를 넣어 놓고 투명한 유리창 밖을 바라본다. 계절의 변화를 놓치지 않고 싶어서, 이 계절 속에 내가 숨 쉬고 있다는 걸 나에게 알려 주고 싶어서 말이다. 또다시 삶이 차갑게 느껴지는 순간이 와도 이제는 괜찮다. 고난과 시련이 찾아와도 괜찮다. 나는 이제 차가워진 부분을 데우는 방법을 조금은 알고 있고, 세상에 기대는 방법을 알고 있다. 그렇담 어떤 시련이 나에게 다가와도 잘 헤쳐 나갈 수 있지 않을까. 그럴 수 있지 않을까.

2023년의 여름, 하얀 나비, 행복

지난여름 속에선 이상하리만큼 하얀 나비를 많이 만났어요. 그날도 여느 때와 같이 무거운 머릿속 상념들을 바람에 흘려보내며 길을 걷고 있었죠. 알고 계시나요? 생각에 잠겨 걷는 사람의 발걸음은 정처 없이 계속 움직여 웬만히 급한 일이 아니라면 멈추기 힘들다는 것을요. 그리 멈출 생각 없던 저의 발걸음을 멈춰 세운 것은 다름 아닌 하얀 나비 한 마리였어요. 그리 가까이서 나비를 마주한 적이 있었나 싶을 정도로 얼굴 코앞에서 지나가는 탓에 놀라 발걸음을 멈출 수밖에 없었죠. 순식간에 나비에게 모든 시선을 빼앗겨 버렸어요. 그 나비는 주위에 앉을 만한 꽃들과 나무들이 많음에도 앉지 않고 계속 주변을 떠돌고만 있었죠. '아직 자기 자리를 찾지 못했나 보네.'하며 나비를 한참 동안 바라보다가 문득, 저 나비가 일부러 떠돌고 있는 건 아닐까라는 생각을 했어요. 말도 안 되는 소리지만 세상 이곳저곳을 일부러 떠돌며 작은 행복 조각들을 뿌리고 다니는 건 아닐까 하며 말이에요.

행복은 좇으려 하면 멀어지고, 좇지 않으려 하면 그제야 보인다고들 하던데, 저 하얀 나비가 사람들이 눈 돌리면 손닿을 곳에 행복 조각을 뿌리고 다니는 건 아닐까. 쓰린 마음 품고 살아가는 사람들이 점점 더 많아지고 있는 이 세상에, 사람들이 안쓰러워 조금이라도 숨을 쉬었으면 하는 마음에 저리 쉬지 않고 돌아다니는 건 아닐까. 그러다 자신도 모르게 행복에게서 등 돌려 까막눈처럼 행복을 바라보지 못하는 사람들을 마주하면, 지금 당장 행복이 닿지 않으면 숨을 쉬지 못할 것 같은 사람들을 마주하면 그들에게 잠시 머물다 가려 저리 바삐 움직이고 있는 건 아닐까. 하고 말이에요. 그해 여름, 삶에 주저앉은 사람들을 많이 마주한 탓인지, 삶에 주저앉게 된 나를 위로하고 싶은 마음이었는지는 모르겠어요. 확실한 건, 그날 이후 하얀 나비는 제게 행복이 되어 주었다는 거예요. 혼자 새긴 의미와 혼자 떠올린 생각들이 그해 여름, 상념 속에 갇힌 저를 숨 쉬게 해 주었고, 유난히 다른 해의 여름보다 하얀 나비를 자주 마주한 저는 자주 행복을 떠올릴 수 있게 되었어요. 세상은, 세상을 어떻게 바라보고, 어떤 의미를 새기며 살아가느냐에 따라 달리 보여요. 제가 여름날 길을 걷다 만난 나비로 행복을 떠올리게 된 것처럼요. 누군가에겐 의미 없는 생각들일 수 있지만, 이런 생각들이 조금 더 밝게 세상을 바라볼 수 있게 해 준다면 이 실없는 생각들을 멈출 생각은 없어요. 이 실없는 것들이 삶을 더 살아가고 싶게 만들어 주거든요. 당신의 실없는 생각은 무엇이었나요?

한강 물, 한강을 바라보며

어두운 밤. 어두워진 물을 바라보면 꼭 다른 세계가 보이는 것 같다. 조명이 아른거리고, 지나가는 차들이 유화처럼 떠다니고, 건물들이 어두운 그림의 장식이라도 된 것처럼 반대의 세계에 매달려 있다. 어둡지만 맑다. 모든 것이 비쳐 내 눈에 담길 만큼 맑다. 우리들의 마음과 닮아 있다.

언제고 이런 글을 쓴 적이 있다. '한강 물이 많은 이유는 사람들이 꾸준히 찾아와 각자의 물을 비워 내기 때문이 아닐까. 하염없이 바라보며 눈으로 뱉어 내고, 말로 덜어 내고, 마음으로 토해 내기 때문이 아닐까. 넓은 자연이 우리의 물을 모아 웅덩이를 만들고, 물을 채워 준 이들을 위로하기 위해 찰랑이는 불빛으로 말

없는 위안을 건네주는 것이 아닐까.' 그때의 나는 한강을 보며 이런 사색을 풀어냈다. 그때의 사색을 떠올리며 한강을 바라본 오늘 나의 독백은 '내가 뱉어 낸 물은 어느 정도이려나.'이다. 내가 생각해도 쓸쓸함 묻어 나오는 문장이지만, 어쩌겠나. 쓸쓸함도 나의 일부분이니 부정하고 싶지 않은걸.

　　사색을 좋아한다. 바라보며 생각하는 시간을 즐기고, 그 끝이 우울과 쓸쓸함으로 끝이 나도 좋다. 사색 속에서 깊고 어두운 감정들을 돌아본다 하여 내가 일상을 매사 울상 짓고 살아가는 것은 아니니 말이다. 오히려 자주 풀어내는 덕에 많이 웃는다. 찾아온 감정들을 부정하지 않고 그대로 바라보려 하는 것이 이제는 습관처럼 자리 잡아 피하는 것이 더 어려운 지경이 되었다. 간혹, 누군가는 내게 '감정을 그대로 마주하면 힘들지 않아?'라고 묻지만, 언제고 '내 자리에서 나에게만큼은 더할 나위 없이 솔직한 사람이 되어 주겠다.' '나만큼은 나를 속이지 않겠다.' 다짐한 굳은 마음이 변치 않고 가슴 깊숙이 자리 잡고 있어, 내게 감정을 바라보는 건, 피하고 싶은 일이 아니게 되었다. 지금 내게 곧장 달려오는 저 감정을 맞이하는 것보다, 나 자신에게 솔직하지 못한 것이 더 두렵기 때문이다. 오랜만에 찾아간 한강이 또다시 내게 이런 생각들과 다짐들을 안겨 주었다. 참 신비롭지. 바라보고 그곳에 존재하는 것만으로도 이리 많은 생각들이 정리되고, 떠오르고, 품어지니 말이야.

당신을 응원하는 또 다른 파도가 숨 쉬고 있다

파도가 바위를 만나 작은 조각으로 나뉘어 사방
에 흩어지고 다시 새로운 파도의 흐름 속에 합류하는 것
처럼, 우리도 돌부리에 걸려 주저앉고 마음이 부서지지
만 기어코 일어나 더 강한 다짐 속에 삶을 바라보게 되
는 흐름 속에서 살아가고 있다. 마음이 잠시 주저앉는다
하여 나라는 존재의 삶이 무너진 것이 아닌, 파도와 같
이 시간의 흐름 속에서 쪼개짐의 시련을 극복하고 더 단
단한 마음을 가진 사람이 되어 나를 무너트렸던 크고 작
은 시련들을 지나치며 계속 나아가는 여정 속에 우리가
존재하고 있다는 말이다. 그러니 지금 주저앉아 있다고,
부서진 것 같다고 세상을 등지고 외면하려 하지 않았으
면 좋겠다. 일어나 다시 앞을 바라본다 하여 또 다른 바
위를 마주하지 않는다 장담할 수 없지만, 분명 예상치

못하게 뻥 뚫린 항해를 하는 날도 기다리고 있을 것이니 이 사실을 굳게 믿으며 힘을 내었으면 좋겠다. 여기 당신을 응원하는 또 다른 파도가 존재하고 있으니 말이다.

카페 안, 남녀의 뒷모습

한적한 오후 2시. 오늘은 비가 온다. 통창 앞에 한옥과 여름철 장맛비를 배경 삼아 카페 안에서 남녀가 담소를 나누고 있다. 그들은 서로의 웃음을 안줏거리 삼아 평온한 시간을 나누고 있었다. 그 뒷모습은 보는 사람마저 미소 지을 수 있을 정도로 아름다웠다. 물론, 한옥과 비 오는 날 고즈넉한 카페가 주는 분위기도 한몫했겠다. 그들의 뒷모습을 응시하며 혼자 중얼거렸다. '저 사람들은 지금 자신들의 모습이 다른 이들에게 어떻게 비치는지 알고 있으려나. 아마 모르겠지.' 사진 찍는 걸 좋아한다. 저들의 모습이 내가 사진 찍는 걸 좋아하는 이유다. 모두 지금 자신의 모습이 어떤 모습으로, 어떤 표정으로 존재하고 있는지 알지 못한다. 그도 그럴 게 이 글을 쓰고 있는 나도, 이 글을 보고 있는 당신도 한참 전에 기록된 자신의 사진들을 바라보며 '내가 저 땐 이런 모습이었구나.' 하고 생각하지 않는가. 시간을 붙잡을 수 없으니 사진으로라도 시간의 조각을 붙잡아 두고 싶다. 그렇게라도 지금의 나를, 타인을 순간에 묶어 둬 기록된 사진을 핑계로 또다시 추억하며 새롭게 웃고 싶다. 눈에 아름답게 담긴 두 남녀의 뒷모습을 사진으로 담아 선물해 주고 싶었지만, 괜스레 끼어들면 그들의 웃음을 깨 버릴 것 같아 소심한 자아를 품고 그저 바라보기만을 택했다. '참 아름다운 사람들이었는데.'

세상에는 참 작고 소중한 아름다움이 넘실대고 있다. 뭐라 특정 지어 딱 한 가지를 이야기할 수 없을 정도로 다양한 아름다움이 참 많다. 사람 간에 오고 가는 웃음일 수도 있고, 공간과 어우러진 자연일 수도 있다. 위에 적은 한옥과 비 오는 날 풍경이 그 적절한 예시라 할 수 있다. 혹은, 자신의 반려동물을 바라보며 잊은 줄 알았던 어린 마음의 해맑은 미소를 짓는 사람의 얼굴일 수도 있고, 사랑하는 일에 푹 빠져 시간 흐르는 줄 모르게 몰입한 사람의 모습일 수도 있겠다. 자연과 사람. 그

거대한 것들을 자세히 살펴보면 놓치기 아까워 품고 싶은 아름다움이 넘실대고 있다는 말이다. 그러니 사진으로라도, 눈으로라도, 글로라도 기록해야 하지 않겠는가. 아름다움을 바라보게 되기까지 꽤 많은 시간이 들었고, 바라볼 수 있게 된 지는 그리 오래되지 않았지만, 앞으로 더 많은 시간이 들더라도 더 많은 것들을 내 안에 담고 싶다. 더 많은 것들을 기록하고 싶다. 방대한 시간에 처참히 무너져 버리기엔 이 작은 아름다움이 참 많은 걸 품고 있기에.

오전과 오후의 경계선, 12시

따사로운 해가 들어오는 정오의 시간. 탁자에 앉아 책을 읽으며 커피를 마신다. 은은하게 퍼지는 달콤하지만 씁쓸한 원두의 중후한 향을 맡으며 한참 동안 책 속에 빠져 글이 나인 듯, 내가 글인 듯 손끝으로 종이를 넘겼다. 시간이 얼마나 흘렀을까. 이리 한 자세로 계속 책을 읽다간 나의 목이 시들어 고개 숙인 식물의 잎마냥 꺾이진 않을까 걱정이 돼 책을 내려놓고 잠시 고개를 들어 올렸다. 좌우로 고개를 돌리며 스트레칭을 하다가 창밖에 보이는 공원에 시선이 멈췄다. 멀리 보이는 넓은 공원에 큰 레트리버 한 마리가 공을 물고 해맑게 뛰어놀고 있는 것이 아닌가. 그 강아지의 시선은 놀아 주다 지친 듯 바닥에 주저앉아 있는 작은 소녀에게 고정되어 있었다. 소녀의 얼굴을 자세히 들여다보니 한참을 강아지에게 시달린 듯 보였지만, 가쁜 숨 내쉬는 와중에도 강아지를 바라보며 웃고 있었다. 그 소녀의 표정을 바라보며 '나 같아도 꼬리 살랑 흔들며 다시 공을 던져 달라고 다가오는 나의 반려견을 보면 힘들어도 입꼬리가 올라갈 수밖에 없겠다.'라고 생각하며 작은방 안에서 흐뭇한 미소를 지었다.

레트리버는 소녀가 던진 공을 재빠르게 달려가 입에 물고선 '나 좀 보세요. 나 잘 하죠?'라고 말하듯 당당히 소녀에게 달려가기를 반복했다. 사람이 아닌 존재가 사람에게 무해한 행복을 안겨 주고 있었다. 그 모습을 바라보며 '만약 신이 있다면 인간으로 태어나기 싫어하는 선한 것들을 강아지로 환생시켜 주는 것은 아닐까. 그리 환생해 세상에 표정 잃은 사람들에게 미소를 한껏 선물해 주고 다시 돌아오라며 내려보내는 것은 아닐까. 그래서 저리 사랑스러워 보이는 것이 아닐까.'라는 생각을 공중에 흩뿌렸다. 자신의 반려견이 아이같이 신이 나 껑충거리며 뛰어오는 모습을 바라보는 소녀. 자신의 보호자와 함께 공원에서 뛰어놀며 사랑하는 소녀의 미소를 바라보는 강아지. 그 둘을 눈에 담는 나. 행복은 멀지 않은 곳에 있다더니, 오전과 오후의 경계선, 12시. 창밖 공원에 행복이 머무르고 있었다.

그럼에도 살아가는 이유

사람의 자연스러운 모습들을 좋아한다. 철두철미하게 업무에 집중하던 사람이 좋아하는 무언가를 바라보며 해맑게 웃고 있는 모습이라든가, 모두에게 까칠하던 사람이 좋아하는 사람 앞에서 무장해제되는 모습이라든가, 낯을 꽤나 가리는 사람이 편안한 이들 곁에서 보이는 장난기 섞인 모습이라든가, 하루 종일 긴장하고 있던 사람이 집에 들어와 자신의 반려견에게 응석 부리는 모습이라든가. 완벽해야 된다는 강박 앞에서 벗어나 모든 생각과 행동이 자연스러워지는, 그런 편안함을 품고 있는 모습들 말이다. 그런 모습들을 바라보면 딱딱해 보이기만 하는 세상에도 분명 물렁한 부분이 존재하고 있는 것 같다며 안심하게 된다. 살아가면서 많이도 힘들어하고 무너지는 존재가 바로 우리지만, 그럼에도 다시 일어나 앞을 바라볼 수 있는 이유들을 눈으로 직접 바라보는 순간인 듯하여.

상상의 힘, 바람의 힘

깃털 같은 마음, 든든한 내 사람들, 뻥 뚫린 하늘, 오고 가는 정, 예쁨 물든 말들이 함께하는 날을 꿈꿔요. 미움 실려 있는 말들 떠다니는 세상이 아닌 모두가 한 가족처럼 서로의 기쁨을 나누고 행복을 바라는 그런 세상 말이에요. 누군 이런 말을 듣고 '꿈속에 빠져 있을 때가 아니다.' '현실에 그런 세상은 존재할 수 없다.' 이야기할 수 있지만, 현실을 누구보다 선명히 바라보고 있어 이런 바람을 품는 거예요. 세상은 차갑죠. 그 속에 온기가 존재하지 않는 건 아니지만 온기를 찾기 어려운 세상인 건 맞아요. 하지만, 작은 상상 하나로 기분이 좋아지고, 순간이 기대되었던 적이 있지 않았나요? 예를 들면 금요일 날 직장에서 퇴근을 앞둔 직장인이 퇴근 후 마음 편히 주말을 맞이할 순간을 상상하며 힘을 내 업무에 몰두한다거나, 수능을 앞둔 수험생이 모든 걸 다 쏟아붓고 시험장에서 후련히 나올 순간을 꿈꾸며 힘을 낸다거나, 열심히 다이어트를 하고 있는 사람이 목표한 몸무게를 달성하고 입고 싶었던 옷을 당당히 입고 거리를 거니는 순간을 떠올리며 배고픔을 참는 그런 순간들 말이에요.

현실로 다가올 상상이 아니더라도, 좋아하는 연예인과 이야기를 나누는 상상, 길을 걷다 캐스팅이 되는 상상, 내가 습관처럼 내뱉은 말이나 행동이 다른 사람들에게 큰 파장을 일으켜 내게 큰 기회들이 물 밀려오듯 들이닥치는 상상... 잠깐이지만 이런 생각들로 머릿속을 채웠을 때 기분이 좋아지고 괜스레 힘이 나지 않았나요? 상상들과 바람들의 힘은 엄청나요. 작은 생각일 뿐이지만 순간을 버티게 해 주죠. 저의 바람도 그런 거예요. 언젠가 모든 압박감을 벗어던지고 나의 사람들과 자연 속에서 정과 행복을 나누며 평온하게 살아가겠다 다짐하는 매 순간들이 지금의 절 살게 해 줘요. 떠오르고 사라질 생각일 수도 있지만 그 생각으로 불완전한 하루를 완전하게 버티게 된다면 그 생각은 쓰임의 가치를 충분히 가지고 있는 것이 아닐까요? 그러니 우리 되도록 많은 바람을 품고, 많은 상상을 하며 살아가요. 시간 낭비라 생각할 수 있지만, 우리는 우리도 모르는 사이 상상들과 바람들로 힘을 내고, 다시 일어나고, 웃으며 살아가고 있어요. 그러니 시간 낭비라 칭하며 생각을 거부하는 것보단, 당연히 드는 기분 좋은 생각들, 힘을 낼 수 있게 도와주는 생각들이라 칭하며 즐겨 보는 건 어떨까요. 지금 우리가 살고 있는 세상은 이런 작은 행복의 씨앗이 꼭 필요한 세상이기도 하니까요. 아 참, 끝까지 글을 읽어 주신 분들을 위해 한 가지 비밀 하나 말씀드리자면, 전 저의 바람을 진심으로 이뤄 볼 생각이랍니다. 모두와 함께 행복해할 날을 꿈꾸며! 그곳엔 물론 당신도 있어요.

작은 상자 안에 삶이 묶이기 시작했다

문득이었다. 작은 상자 안에 삶이 묶이기 시작했다 느끼게 된 순간 말이다. 핸드폰을 잡고 있는 순간이 과하게 많은 것 같다 생각이 들어 가방 안에 핸드폰을 넣어 놓고 책장에서 책을 한 권 꺼내 지하철을 탄 날이었다. 덜컹거리는 지하철 안에서 책을 읽는 건 처음이었지만, 자기 전에 항상 책을 일정 시간 읽고 자는 일에 익숙했기 때문에 도착지까지 큰 무리 없이 책을 읽을 수 있을 거라 생각했다. 아무리 핸드폰을 손에 들고 살아도 그 정도의 집중력은 내게 있을 거라 생각했기 때문이다. 도착지에 도착해서 깨달았다. 이전의 나보다 지금의 내가 집중력이 현저히 떨어졌다는 것을 말이다. 읽는 내내 가방 안에 넣어 둔 핸드폰이 신경 쓰여 몇 번이나 꺼내 보았다. 지금 당장 확인하지 않으면 안 되는 급한 연락이 있는 것도 아닌데 말이다. 또 다른 날은 이어폰을 귀에 꽂지 않고 길을 걸었다. 항상 습관처럼 귀에 이어폰을 꽂고 노래 들으며 길을 걷던 내겐, 노래를 듣지 않고 주변 소리를 들으며 길을 걷는 일이 생소했다. 5분이었다. 고작 길을 걸은 지 5분 만에 지루하고 심심하다 느끼고 있었다. 무언가 이상하지 않은가? 당연한 것들을 당연하지 않게 노력해야만 집중할 수 있게 되었으니 말이다.

핸드폰이 우리 삶에 주는 편리성은 핸드폰을 단 한 번이라도 사용해 본 사람이라면 입 아프게 이야기할 수 있을 정도로 많다. 하지만, 나와 같이 핸드폰으로 인해 당연한 것들을 당연하지 않게 노력해야만 집중할 수 있게 된 사람들도 정말 많을 거라고 장담한다. 처음의 의도가 왜곡되었다. 우리 삶에 핸드폰을 들여 삶을 더 윤택하게 만드는 것이 처음의 목적이었지만, 지금은 오히려 핸드폰에 발이 묶여 가치 있게 쓸 수 있는 시간들을 낭비하고 있지 않은가. 저자가 지하철 안에서 독서를 처음 했을 때, 수시로 핸드폰을 꺼내들어 집중을 하지 못했던 것처럼 말이다. 핸드폰에 의존도가 높아질수록 혼자서 할 수 있는 것들이 사라진다. 붙잡고 있는 시간이 많아질수록 자제력도 낮아진다. 삶을 윤택하게 만들기 위해 삶에 들인 작은 상자로 인해 되레 발이 묶이고 있는 꼴이다. 그러니 무한 굴레에서 빠져나와야 하지 않겠는가. 핸드폰을 때에 따라 현명히 사용하고, 나머지 삶의 시간들은 직접 세상과 눈을 마주하고 살아가야 하지 않겠는가. 적어도 저자는 그리 살아가고 싶다. 대가 없이 즉각적인 웃음과 쾌락을 주는 많은 것들에 빠져 시간을 흘려보내는 것보단, 인내 끝에 마주하는 행복감에 더 기대어 삶을 살아가고 싶다. 두 선택지 모두 시간은 흐르지만, 후자의 경우 내 삶에 긍정적인 변화를 줄 것이 분명하니 말이다. 그러니 이 글을 보는 당신도 상자 안에 갇혀 휘둘리기보단, 상자를 손을 쥐고 현명히 활용하는 쪽에 서 보는 건 어떨까. 작은 상자 안에 묶여 있기엔 우리 모두의 시간이 참으로 아까우니.

나와 닮아 있는 계절, 사랑하는 계절

겨울. 4계절 중 가장 사랑하는 계절이자, 나와 닮아 있는 계절이다. 겨울을 사랑하는 연유부터 이야기해 보자면, 누군가에겐 하얀 쓰레기로 불리는 눈이 내겐 추억과 지금의 나를 연결시켜 주는 징검다리가 되어 주기 때문이다. 하늘에서 떨어지는 제각기 크기의 눈송이들을 가만히 바라보면 옛 기억이 떠오른다. 벙어리장갑을 끼고 털모자를 눌러쓴 채로 육교 다리 위에서 두꺼운 상자 위에 올라타 썰매를 탔던 기억, 가족들 다 함께 집 밖에 나와 동네에서 제일 큰 눈사람을 만들겠다며 눈을 열심히 굴렸던 기억, 괜스레 눈덩이를 뭉쳐 주변 친구들에게 던지고 도망쳤던 기억, 하얀 입김에 발그레해진 볼, 주위에서 어린아이처럼 웃고 있던 하얀 세상 위의 사람들, 그리 뛰어노는 나의 입에 붕어빵을 넣어 주던 엄마. 작은 눈송이를 마주하는 것만으로도 겨울은 내게 이리 많은 추억을 다시금 안겨 준다. 한 가지 더 얹어 보자면 1년 365일 중 나의 생일보다 더 기다리는 날이 있는데 그날이 크리스마스이기 때문이고, 실상 크리스마스 아니더라도 겨울에 생일이 끼여 있으니 겨울을 사랑하지 않을 이유를 찾는 게 내겐 더 어려운 일이라 할 수 있겠다.

위의 연유가 아니더라도 모든 계절을 사랑하려 노력하는 내가 겨울에게 조금 더 애착을 품는 이유는 나와 가장 닮은 계절이라 여기기 때문이다. 겨울은 한기 도는 계절이지만, 이질적이게도 사람들이 가장 온기를 가깝게 느끼는 계절이기도 하다. 차게 몰아치는 바람을 맞은 사람들은 어느 계절보다 한기와 쓸쓸함을 선명히 느끼지만, 쓸쓸함을 강하게 느끼는 탓인지 더욱 옷을 두껍게 껴입어 공허함으로부터 마음을 지킨다. 유난히 밤이 긴 계절을 맞은 사람들은 낮보다 어둠을 더 길게 마주하지만, 유난히 밤이 긴 계절이라 그런지 불을 가장 오래 밝혀 두곤 한다. 뺨을 차갑게 만드는 것으로 모자라 과한 추위로 살을 아프게 만들지만, 연말과 크리스마스를 맞아 오고 가는 인사말들과 서로의 안부를 걱정하는 연락들로 더욱 온기에 박차를 가해 시린 겨울 속에서 마음에 온기를 잃지 않고 모두가 무사히 겨울을 지나보낸다. 겨울은 이리도 차가움과 따뜻함이 공존하는 계절이다. 그래서 난 겨울과 닮아 있다. 봄처럼 밝은 미소를 가지고 있는 사람도 아니고, 여름처럼 뜨거운 열정을 품고 있는 사람도 아니며, 가을처럼 찬란히 아름답지만 완연한 쓸쓸함을 품고 있는 사람도 아니다. 겨울처럼 시리고, 한기도 품고 있지만 그럼에도 작은 온기들을 손에 꼭 쥐고 놓지 않으려 애쓰며 살아가는 사람이다. 그래서 난 겨울을 보면 나를 보는 것 같다. 남몰래 쓸쓸함을 진하게 느끼지만, 그럼에도 온기를 놓지 않으려 하는 겨울과 닮아 있는 사람. 그래서 난 겨울이 좋다.

비 오는 날, 우산 없이

비 오는 날. 손에 들린 우산을 던져 버리고 싶었던 적이 있다. 자유롭지 못하게 억압되어 살아가고 있다는 생각에, 이 답답함에 속이 금방이라도 터져 버릴 것 같아 손에 쥐고 있는 우산이라도 집어던져 내리는 비를 홀딱 맞으며 그 아래서 누구보다 자유롭고 싶다는 생각에 말이다.

아무것도 원하는 대로 할 수 있는 게 없고, 원하는 대로 흘러가지도 않으며, 그렇다고 자유롭게 떠나기엔 얼떨결에 짊어진 짐들이 너무 많아 숨이 턱 끝까지 차오른 것 같았다. 이리 가쁜 숨 겨우 내쉬며 살아가는 세상에 폭우처럼 내리는 빗속에 뛰어드는 것마저 주변 사람들이 정신 나간 여자로 바라볼까 걱정돼 하지 못한다면, 이 세상에 내 마음대로 할 수 있는 게 단 한 가지도 없는 것 같아 비를 맞기 시작했다. 옷이 젖는 것 따위는 그 당시 내게 아무런 문제가 되지 않았다. 오랜만이었다. 숨이 쉬어지는 게 정말 오랜만이었다. 조금 더 자유롭고 싶었을 뿐이다. 조금 더 마음 편히 살아가고 싶었을 뿐이다. 그간 참아왔던 힘듦이 극한까지 차올라 터진 탓에 우산을 접고 비 오는 날 하늘을 바라보는, 말도 안 되게 낭만적인 행동을 해 버렸지만, 그 행동이 막힌 울음보를 터트려 주었다. 덕분에 다음 날 감기 기운을 얻었지만 말이다. 이날을 계기로 나는 비 오는 날이 좋아졌다. 또다시 우산을 접고 하늘을 바라보며 비를 맞은 적은 없지만, 한쪽 손을 우산 밖으로 내밀어 비 맞는 팔을 바라보는 습관이 생겼다. 때론, 말도 안 되게 낭만적이고, 영화 속에서 나올 법한 무모함이 숨통을 뚫어 주기도 한다. 다른 사람들이 어찌 바라볼지는 상관하지 않는다. 그리 무모하고 낭만적인 시도가 나를 살게 해 준다면 언제든 그 속에 뛰어들 준비가 되어 있으니 말이다. 당신은 당신을 위해 어떤 낭만적인 시도를 해 보고 싶은가?

고향 냄새

    가족들과 따로 산 지 이제 2년이 넘었다. 가족들과 함께 살았을 때만 해도 고향 냄새가 그립다고 이야기하는 사람들을 보며, '대체 뭐가 그립다는 걸까.'라는 막연한 생각을 하곤 했었는데, 그리 생각했던 내가 이제는 누구보다 고향 냄새를 그리워하며 살고 있다. 해야 하는 일과 하고 싶은 일들을 병행하니 당최 시간이 나질 않아 집에 자주 내려가지 못했다. 그러다 한 번씩 이리 미루다간 정말 한평생 본가에 가지 못하겠다는 생각을 하고, 누구보다 그리운 엄마를 볼 생각에, 따뜻한 집 밥을 입에 넣을 생각에 설레 발걸음을 떼곤 한다. 어렸을 때부터 살았던 동네에 내려가면 항상 하는 일이 있는데 해가 따뜻하게 내리쬐는 시간에 밖으로 나가 온 동네를 누비며 걸어 다니는 일이다. 그리 걸어 다니다 보면 마주치는 장소마다 각기 다른 기억들이 새록새록 떠오른다. 몸보다 더 거대한 책가방을 메고 하교 후에 집으로 터덜터덜 걸어왔던 기억, 시장 열리는 날 엄마 손 꼭 붙잡고 사람들 틈을 요리조리 지나다녔던 기억, 해가 저물 때까지 지치는 줄도 모르고 놀던 나와 친구들의 모습, 집으로 돌아오는 길에 떠돌이 강아지를 마주해 벌벌 떨었던 기억. 그러다 오랜만에 마주한 공간이 나의 기억과 다른 모습으로 변해 있다는 걸 알게 되면 괜스레 서운하기도 하지만, 그럼에도 그 자리, 그 공간이 내게 주는 추억들은 변하지 않는 걸 보아하니 정말 고향 냄새라는 게 있긴 한 것 같다. 그리 조그맣던 아이가 이리 커 동네를 떠나 홀로 살며 고향 냄새를 그리워하고 있을 줄 누구든 알았겠는가. 그래도 고향이라는 곳에서 떨어져 이제는 고향 냄새라는 걸 알게 되어, 큰 숨구멍을 얻었으니 그것으로 그 시절을 그리워하는 마음을 달래 봐야겠다. 지나가 추억으로 남는 기억들도 있어야 하는 법이니까.

당신을 위한 꽃, 거베라

선물을 준비할 때, 상대에게 어울리는 꽃과 꽃말을 함께 찾아보곤 한다. 받는 사람으로 하여금 당사자가 그날을 더욱 특별한 날로 기억할 수 있게 꽃이란 의미를 더해 선물을 건네주려고 말이다. 이날도 친한 지인의 모습을 떠올리며 골똘히 고민에 빠졌었다. 지인에게 어울리는 색, 지인의 분위기, 적절한 꽃말의 의미를 담고 있는 완벽한 꽃을 찾아 건네고 싶었기 때문이다. 나의 그녀는 웃을 때 순수함이 묻어 나오는 사람이었다. 그리고 매사에 차분하여 마치 도자기로 만든 주전자에 차를 우려 찻잔에 우아하게 따라 마시는 형상이 떠오르곤 했다. 곁에 머물며 바라본 그녀는 참으로 신비롭고, 아름답고, 따뜻한 미소를 지닌 사람이었다. 고민 끝에 꽃을 골랐다. 고른 꽃의 이름은 거베라다. 거베라의 꽃

말은 '신비, 수수께끼'이지만, 색에 따라 품고 있는 의미
가 조금씩 달라져 나는 그녀에게 줄 꽃으로 하얀 거베라
와 보라색 거베라를 골랐다.

　　하얀색 거베라의 의미는 '표현, 품격, 가치'이
고, 보라색 거베라의 의미는 '순수한 사랑, 무죄'이다.
매사에 차분하고, 뱉는 말엔 예쁨이 담겨 있으니 하얀
색 거베라의 '표현, 품격, 가치'라는 뜻이 딱 어울렸고,
분칠 하나 하지 않은 얼굴에 미소 지을 땐, 보라색 거베
라의 '순수한 사랑, 무죄'라는 뜻이 정말 잘 어울렸다.
이런 탓에 두 가지 색 거베라를 모두 고르지 않을 수 없
었다. 건넨 선물과 꽃을 들고 있을 나의 지인의 모습을
상상하니 마음의 온도가 한껏 올라가는 듯했다. 사실 난
나의 마음을 데우기 위해 꽃을 골랐던 거였는지도 모르
겠다. 난 이날도 받는 사람에게 내가 느끼는 따뜻함이
고스란히 전해지길 소망하며 꽃집으로 향했다. 상대의
하루가 부디 다른 날보다 더 깊게 기억돼 떠올리는 것
만으로 미소 지을 수 있는 날이 되길 바라며 말이다. 고
마운 이들에게 건넬 꽃을 신중히 고르는 시간은 참으로

애틋하다. 그러니 이 글을 보고 있는 당신도 고마움 표현하고 싶은 사람이 있다면 작은 선물과 함께 꽃을 건네보는 건 어떨까. 기왕이면 상대와 어울리는 꽃말도 함께 찾아서 말이다. 장담하건대 당신도 나와 같이 건네는 기쁨을 애정하는 사람이라면 분명, 주는 것보다 당신이 얻는 마음이 더 많을 것이다.

편지, 마음 운반책

　　편지에 꾹꾹 눌러진 글씨 자국을 사랑한다. 조용한 공간에서 홀로 상대를 생각하며 어떤 문장에, 어떤 단어를 적어야 나의 마음이 고스란히 전해질까라는 고민 끝에 새겨진 진한 자국들이기 때문이고, 나의 글을 눈에 담은 상대가 어떤 생각을 할지 걱정하고, 유추한 끝에 결국 '진심은 통한다.'라는 다짐이 담겨 있는 자국들이기 때문이다. 편지는 최고의 마음 운반책이다. 손끝을 몇 번 가져다 대기만 하면 많은 글자를 담을 수 있는 편리한 세상에 살아가고 있는 우리가, 직접 편지지를 고르고, 손에 연필을 쥔 뒤, 상대에게 나의 글씨가 미워 보이진 않을까 하는 걱정에 종이를 몇 번이나 버려 가며 다시 처음부터 적는 번거로움을 거쳐 눌러 담은 마음을 상대에게 건네주었을 때, 아무리 둔감한 사람이라도 그

수고스러움에 고마움을 품게 될 것이 분명하니 말이다. 또, 편지는 쓰는 사람의 마음을 조심스럽게 담아 준다. 얼굴 마주하고 하기 민망한 말들은 언제나 있기 마련이지 않은가? 표현은 하고 싶으나, 상대가 부담스러워하진 않을까 걱정되고, 마음을 건넸을 때 결코 가볍게 적은 마음들이 아니라는 것을 상대가 알아주었으면 할 때, 편지만 한 운반책이 또 없다. 쓰는 이에겐 진심을 건넬 기회를 주고, 받는 이에겐 추억할 수 있는 고마운 마음을 건네주는 것이 편지다. 그러니 받은 편지에, 보낸 편지에 진하게 눌려진 글씨 자국들을 사랑하지 않을 이유가 없지 않은가. 만약, 이 글을 읽고 있는 당신도 주변에 진심을 건네고 싶은 사람들이 있다면, 오늘은 편지에 글씨를 깊게 눌러써 보는 건 어떨까. 오래오래 다시 꺼내 볼 수 있는 마음 운반책을 직접 건네주는 것만큼 낭만적인 일이 또 없으니 말이다.

봄의 위로, 새로운 시작, 꽃내음

봄은 새로운 시작의 계절이자, 위로의 계절이다. 추운 겨울을 고단히 보내느라 고생한 사람들에게, 생기 잃고 깊은 잠에 들었던 모든 생명들에게 온기를 넣어 주는 계절이기 때문이다. 입춘을 시작으로 한 해의 문을 본격적으로 열고, 곳곳에 어여쁜 색을 선사해 주는 계절. 따뜻한 바람이 살결을 스치지만, 여름처럼 과한 열기가 아닌 온화한 바람으로 피부에 닿아 기분 좋은 평온함을 선물해 준다. 그것으로 모자라 분홍과 하양, 그 어딘가 팝콘을 닮았지만, 자세히 들여다보면 여린 잎을 가지고 있는 벚꽃으로 세상을 뒤덮어 눈에겐 황홀함을, 콧가엔 꽃내음을 흘려보내 주니, 추운 겨울 속에서 공허함과 쓸쓸함을 시리도록 느낀 우리가 위로받지 않는 게 더 이상할 지경이다. 그 덕에 매년 봄을 맞이하면 발바닥이 아프도록 밖에 나가 걷는다. 선물 같은 계절이지만, 꽃이 만개한 세상을 오래 유지하기는 힘든지 반짝이고 금방 사라져 버리기 때문이다. 그러니 온 세상에 생기를 불어 넣는 시점의 기운을, 그 꽃내음을 조금이라도 마음에 담으려면 어쩔 수 없이 발바닥 아프더라도 밖에 나가 봄의 세상에 빠져 봐야 하지 않겠는가. 또, 봄은 사랑과 잘 어울리는 계절이다. 같은 분홍빛을 띠고 있어 그런지는 잘 모르겠지만 생기 없던 세상에 생기가 생기니, 모두가 설렘을 느끼는 탓에 사랑과 잘 어울리는 계절이라 칭하는 것이 아닐까. 계절이 어여쁜 탓에 매년 사랑을 하지 않는 사람들의 원망까지 받아 내지만, 이 또한 원망을 받아 낼 정도로 아름다운 계절이라는 방증이 아닐까. 만약, 당신이 이 책을 읽는 시점, 봄을 맞이했다면 여지없이 밖에 나가 봄의 기운을 가득 담아 보라 이야기해 주고 싶다. 이리 길게 이야기하고도 모자랄 만큼 봄을 맞이한 세상은 그냥 흘려보내기엔 참으로 아까운 전경을 띠고 있으니 말이다.

여름을 좋아할 이유

내겐 여름을 좋아할 이유보다 좋아하지 않을 이유가 더 많았다. 집 밖으로 나가면 숨이 턱턱 막히는 날씨에, 밖에 서 있는 시간이 길어질수록 맺히는 땀방울, 날 선 신경과 거리에 예민한 사람들의 표정, 벌레를 극도로 기피하는 나의 눈에 선명히 들어오는 검은 생명체들, 후각을 찌르는 땀 냄새... 좋아하지 않을 이유가 참 많았다. 그런데 언제부턴가 여름의 예쁨이 눈에 들어오기 시작했다. 다른 계절과는 다르게 온통 초록색으로 물든 세상, 곳곳에 매달려 있는 능소화, 계곡에 발 담그고 물놀이하고 있는 아이들, 달리는 자전거 옆에 잠자리, 괜스레 정겨운 개구리 소리, 꽃 위에 앉아 있는 나비들. 여름의 풍경을 제대로 바라보기 시작하면서 여름을 좋아할 수밖에 없는 이유가 점점 늘어나고 있었다. 더위에

녹초가 돼 숨을 헐떡이더라도, 냉방병에 시달리며 실내 온도를 어떻게 조절해야 할지 몰라 애를 쓰더라도 말이다. 무작정 싫어만 했던 여름이 좋아지기 시작한다는 게 처음엔 거부감이 들어 밀어내곤 했지만, 집 주변 큰 다리 밑에 앉아 좋아하는 수박바를 먹으며 여름의 풍경을 바라보니 부정하려야 부정할 수 없었다. 날이 덥다는 이유만으로 미워하기엔 온 세상이 싱그러우니 말이다. 매해 여름만 되면 '이 숨 막히는 여름이 언제 지나가려나.' 하고 무작정 시간이 흐르기만을 기다렸는데, 이제는 여름이라는 계절 안에서 여름을 제대로 바라보고 즐겨 보기도 하려 한다. 한 계절, 한 계절을 선명히 눈에 담아 보니 여름만큼 푸릇한 계절이 또 없었기에. 마지막으로 한 가지 더 이야기하고 끝을 내 보자면 난 여름철 바다에 발을 담그는 게 그리 기분 좋을지 꿈에도 몰랐다.

가을, 건조함과 찬란함이 공존하는 계절

가을은 건조한 계절이다. 여름을 지나 겨울이 되기 전 불어오는 바람은 봄에 불었던 온화한 바람과는 다르게 건조하다. 나무에 달려 있던 잎들도 색이 바래져, 변하는 온도에 버티지 못하고 바닥에 떨어진다. 그리 떨어진 낙엽들은 사람들 발밑에서 조금씩 말라가고, 말라가는 잎을 마주한 사람들은 괜스레 울적해진 기분에 "가을 타나 봐."라고 말하며 가을을 깊게 새긴다. 건조하게 부는 바람, 하루 가기 무섭게 떨어지는 잎들. 마음도 건조해지기 쉬운 계절이다. 하지만, 가을이란 계절 속, 조그마한 틈새를 자세히 들여다보면 건조한 바람 사이사이 찬란함이 가득 숨겨져 있다. 떨어지기 전 마지막 발악이라 하면 너무 매몰찬 표현일까. 겨울이 되기 전 잎을 떨어트리는 가을의 나무들은 마지막 힘을 쥐어짜

찬란히 잎을 물들인다. 빨간색, 노란색, 주황색, 초록색으로 물든 많은 잎들이 온 세상을 뒤덮으면 다른 계절에서는 볼 수 없는 가을만의 독특한 찬란함이 눈에 들어온다. 건조하지만, 오색찬란한 세상이니 독특한 찬란함이라는 표현이 딱 어울리지 않는가. 그런 독특한 가을을 알아보고 제대로 가을을 즐기는 사람들을 눈에 담는 일도 즐겁다. 어느 해의 가을에는 빗자루 들고 노란 잎들로 하트를 그리고 계신 경비원 아저씨를 눈에 담았고, 어느 해의 가을에는 떨어진 낙엽 위에 앉아 머리 위로 낙엽을 뿌리고 있는 아이들을 눈에 담았다. 그 앞엔 그 모습을 사진으로 담고 있는 부모들이 있었다. 나조차도 가을이 되면 괜스레 울적해지는 기분을 피할 수 없지만, 모두가 입 모아 "나 요즘 가을 타나 봐."하고 이야기하는 그 흐름에서 벗어나 세상에 눈 돌리면, 건조하지만 그럼에도 찬란한 가을을 기억에 담을 수 있다. 마지막 발악을 선물해 주는 가을. 나는 가을의 찬란함을 사랑한다.

겨울의 벌거숭이

잎이 무성하던 나무는 겨울을 맞아 옷을 벗고 맨살을 드러낸다. 2024년을 시점으로 3년 전 겨울만 해도 실오라기 하나 걸치지 않은, 잎 잃은 나뭇가지들을 바라보며, 유독 겨울에 공허함이 더 선명히 느껴지는 이유는 찬바람이 살을 파고드는 이유도 있지만, 나무들이 잎을 전부 떨어트리고 싱그러움을 잃기 때문이 아닐까라고 생각했었다.

재작년부터였다. 생각이 바뀌게 되었다. 길가에 선명히 맨살을 드러낸 가지들이 예뻐 보이기 시작했다. 떨어진 잎을 보고 그저 싱그러움을 잃었다 생각했는데, 어느샌가부터 잎을 떨어트린 나무들이 자신의 숨겨 놓은 생김새와 꺾임을 세상에 보여 주고 있다는 생각이 들었기 때문이다. 표정도, 마음도, 속 안에 숨겨 놓은 아픔도 누군가에게 들킬까 두려워 꽁꽁 가리고 사는 게 익숙한 이 세상에 당당히 자신의 속살을 드러낸 나무가 아름다워 보였다. 나조차 내보이기 두려워 꼭 끌어안고 살아가는데, 말 못 하고 가만히 서 있는 나무가 매년 저리 당당하게 여린 가지들을 세상에 내보이고 있었다니. 이걸 이제야 바라보게 되었다니. 그리 생각하게 된 뒤로 잎을 잃어버린 가지들을 바라볼 때, 나와 같이 잎을 잃어버린 모습도 아름답다 여겨 주는 사람들이 많아졌으면 하고 바란다. 색이 다양하지 않아도, 꽃이 피지 않아도, 생명체들이 장식처럼 나무를 꾸며주지 않아도, 한 자리에서 뿌리내리고 살아가는 나무는 변치 않고 아름답다는 걸 알아주는 사람들이 많아지면, 화려하지 않아도, 아직 자신의 빛을 찾지 못한 사람이라도, 가면을 여러 개 바꿔 끼며 자신을 가리지 않아도, 그 사람 자체로 아름답게 바라봐 주는 사람들이 많아지지 않을까. 나는 겨울의 벌거숭이처럼 당당해지고 싶다. 겨울의 벌거숭이처럼 많은 시선으로부터 자유롭고 싶다. 모두가 그리 되었으면 좋겠다.

계절이 내게 그리해 준 것처럼

계절을 바라본다는 건, 내 마음에 여유를 들인다는 것이다. 이는 큰 다짐이 필요하다거나, 번거롭게 시간을 내어야 하는 일이 아니다. 앞서 봄, 여름, 가을, 겨울을 바라보며 사유한 나의 개인적인 시선을 길게 풀어쓴 이유도 이를 설명하기 위해 적은 글들이라 할 수 있다. 정리해서 이야기하자면, 계절을 바라보고, 마음에 여유를 들인다는 건 이런 거다.

바쁘게 움직이던 두 발을 잠시 멈춰 하늘 한 번 바라보는 것이고, 내가 서 있는 이 계절엔 어떤 잎들이 떨어져 있나 바닥 한 번 내려다보는 것이다. 정신없이 길을 걷다 저기 멀리 보이는 과일 가게에 어떤 과일이 나와 있나 곁눈질로 쓱 보고 지나치는 것이고, 지금은 어떤 꽃들이 자주 보이나 길가에 핀 꽃들을 종종 내려다 보는 것이다. 그러다 휴일이 찾아오면 바깥공기 좀 맡을 겸 밖으로 나가 계절의 풍경 한 번 자세히 들여다봤다가, 그 속에 상념 몇 가지 덜어 내고, 덜어 낸 그 순간을 기억하며 크게 숨 쉬는 일이다. 여행이란 걸 한 번쯤 가 봤다면 느껴 보았을 것이다. 목 끝까지 삶의 압박이 차올라 답답한 마음들을 덜어 내기 위해 고리타분한 자연을 찾았을 때, 이상하게도 조금은 숨이 쉬어지지 않았는가. 그런 거다. 계절을 바라본다는 건, 목 끝까지 차오른 답답함을 덜어 내기 위해 여행이라는 걸 기다리지 않아도 조금씩 이 답답함을 덜어 낼 공간이 생긴다는 것이다. 마음에 여유가 없어도, 바삐 움직이며 사느라 시간을 내지 못해도, 의식해서 자연과 풍경을 바라보려 노력한다면 계절은 언제든 기댈 수 있는 공간을 당신에게 내어 줄 것이다. 그러니 자주 고개를 돌려 당신이 서 있는 계절을 바라봐야 하지 않겠는가. 그리 계절 속, 많은 것들을 눈에 담고 살아간다면 당신도 모르는 사이 눈 돌리면 쉬어 갈 수 있는 당신만의 쉼터가 생겨 있을 것이다. 계절이 내게 그리해 준 것처럼.

커다란 곰인형을 봐도 이제 아무렇지 않아요

어린 시절, 동네에 있는 문구점을 가면 항상 커다란 곰인형을 보러 달려가곤 했었다. 그 곰인형이 어찌나 가지고 싶던지 매일 지겹지도 않게 사 달라며 떼를 썼다. 커다란 곰인형을 곁에 두고 잠에 들면 세상을 다 가진 듯 행복할 것만 같았기 때문이다. 어찌나 푹신해 보이던지 나의 몸 두 배 정도 되어 보이는 곰인형에 뛰어들어 안기는 순간, 그대로 단잠에 빠질 수 있을 것 같았다. 하지만, 나의 엄마는 커다란 곰인형은 언젠가 버리게 될 것이라며 곰인형 대신 안고 잘 수 있는 사탕 베개를 선물해 주었다. 그렇게 난 사탕 베개에 진한 눈물 자국을 남겼지.

키도 크고, 머리도 큰 지금의 나는 문구점에서

곰인형을 내 의지로 살 수 있는 사람이 되었지만, 곰인형을 사지 않는다. 그 당시엔 이 커다란 곰인형이 그리도 갖고 싶었는데 이젠 데리고 가면 짐이 될 게 뻔히 보였기 때문이다. 이제야 엄마의 마음을 이해할 수 있게 되었다. 언제부터 순수함을 조금씩 잃었을까. 아직 꽃을 보면 미소 짓고, 눈이 오면 설렘을 감추지 못하지만, 어린 시절의 순수했던 마음과 커다란 인형에게 안기고 싶어 했던 작은 아이의 소망은 잃었다. 지금의 내겐 작고 순수한 소망이 없다는 사실이 조금은 쓸쓸하지만, 아직 소망을 품고 있는 작은 아이들의 소원을 이뤄 줄 수 있는 어른이 되었으니 아쉬운 대로 그 아이들에게 좋은 어른이 되어 줘야겠다는 마음으로 위안을 삼아 본다. 언제고 문구점에서 곰인형을 바라만 보고 있는 아이를 만난다면 내 기필코 그날 그 아이에게 커다란 어른이 되어 주리라 다짐한다. 작은 소망을 안고 있는 아이에게 커다란 어른이 되어 주는 날이 온다면 아마 난, 행복한 어른 아이의 웃음을 띠고 있겠지.

머리와 머리를 맞대고

어느 해의 가을이었다. 강화에 있는 카페로 콧바람을 쐬러 나갔을 때 눈에 담은 장면이다. 오래된 한옥으로 지어진 카페였다. 마당엔 지금 당장 쓰러져도 이상하지 않아 보이는 한 그루의 소나무가 자리를 차지하고 있었다. 나무가 인간처럼 누워 있다 해도 과언이 아닐 정도의 각도였다. 저리 누워 있으면서 어찌 버티는가 하여 그 나무를 자세히 들여다보니 바로 뒤쪽, 시야에 가려져 있던 또 다른 소나무가 쓰러지기 직전의 나무를 지지해 주고 있는 것이 아닌가. 분명 다른 뿌리에서, 다른 속도로, 각자의 자리에서, 각자로 존재하며 자랐을 터인데 나무가 나무를 쓰러지지 않게 지지해 주고 있는 모습이 눈에 인상 깊게 남았다.

시간이 흘러 어느 날 지하철 안에서 남녀의 모습을 바라보며 눈에 담았던 소나무들의 모습을 떠올렸다. 연인으로 보이는 두 남녀는 피곤한 듯 눈을 감고 연신 고개를 꾸벅거리고 있었다. 그리 한참을 꾸벅거리던 고개가 맞닿았다. 남자는 눈을 살짝 뜨더니 여자의 머리에 손을 얹어 자신의 어깨를 내어 주었고, 곧바로 여자의 머리 위에 자신의 머리를 대고 다시 눈을 감았다. 어느 해의 가을 날 눈에 담은 소나무들과 겹쳐 보이는 그림 같은 연인의 모습이었다. 우리는 각자의 자리에서 홀로 존재하지만, 홀로 살아갈 수 없는 존재들이다. 홀로 살아가겠다며 고집해도 결국 쓰러지기 직전의 상태에선 누군가를 간절히 찾고, 기댈 공간을 바란다. 그도 그럴 게 몇 해를 더 오래 살았는지 가늠도 안 되는 나무들조차 어깨를 내어 주고 살아가는 세상인데, 작고 여린 우리라고 별 수 있겠는가. 그러니 어깨를 내어 주고, 어깨에 기대며 살아가는 일에 인색하지 않았으면 좋겠다. 그리 살아가야지만 쓰러지지 않고 살아갈 수 있는 세상이니 말이다. 나는 우리가 뒤엉켜 서로를 지지해 주는 소나무처럼 살아갔으면 하고 바란다.

사랑하는 조각들

 늦은 밤 한강에 찾아가 가로등에 비친 윤슬을 눈에 담는 순간, 지는 노을을 바라보며 숨을 크게 내쉬는 순간, 영화를 보고 영감을 얻는 순간, 먹고 싶던 음식을 가득 입에 넣는 순간, 가족들과 함께하는 식사, 엄마가 행복해하는 걸 보는 순간, 고양이의 털을 쓰다듬는 순간, 늦은 저녁 노란 조명과 함께 듣는 재즈, 와인과 과일을 함께 먹는 순간, 여행지에서 나누는 온도 높은 대화, 바스락거리는 이부자리에서 알람 없이 깬 아침을 맞이하는 순간, 운동을 끝내고 개운한 몸으로 침대에 뛰어드는 순간, 제철 과일을 먹는 순간, 선선한 바람이 부는 가을 저녁 자전거를 타는 순간, 진한 농도를 품고 있는 대화를 애정하는 이와 나누는 순간, 남색 하늘을 바라보며 좋아하는 노래를 듣는 순간, 키우는 식물에서 새싹이 돋은 걸 발견한 순간, 눈 내리는 겨울을 눈에 담은 순간, 입김을 처음 마주한 순간, 씻고 나와 개운한 몸으로 책을 읽는 순간, 대청소를 하고 집이 깨끗한 모습을 눈에 담은 순간, 여행지에서 처음 보는 이들과 유쾌한 대화를 나누는 순간, 하루 날 잡고 발길이 이끄는 대로 방랑자처럼 떠도는 순간, 명상에 빠져 시간 가는 줄 모르고 내게 집중하는 순간, 지하철 안에서 읽는 책, 길에서 만난 고양이에게 간식을 주는 순간, 코트와 목도리와 그리고 붕어빵과 함께하는 순간, 애정하는 이들에게 줄 선물을 고르는 순간, 꽃말을 검색해 보는 순간, 뮤지컬을 보며 눈물 흘리는 순간, 친구에게 편지를 받는 순간, 겨울날 따뜻한 물에 온몸을 담그는 순간, 길을 걷다 우연히 애정하는 노래를 마주친 순간, 사랑하는 이들과 함께 사진첩을 들춰 보며 추억을 나누는 순간, 글을 적고 마음이 가벼워진 순간, 늦은 밤 침대에 앉아 글을 적는 순간. 나의 사랑하는 조각들.

오피스텔

살고 있는 오피스텔 안엔 크고 작은 문제들이 도사리고 있다. 시간이 흘러 약해진 탓에 보수를 해 줘야 하는 곳도 있고, 곰팡이가 슬어 자주 닦아 줘야 하는 곳도 있다. 하루가 멀다 하고 떨어지는 머리카락을 치워 주기도 해야 하고, 닦는 걸로 해결되지 않을 만큼 녹이 슨 물건들은 교체해 주기도 해야 한다. 겉모양은 단단하고, 아무 문제 없는 아늑한 집처럼 보여도 그 안엔 언제나 크고 작은 문제들이 존재한다는 말이다. 우리의 마음도 이와 같다. 겉모습은 아무렇지 않아 보이지만 실상 그 안은 녹슬고, 물이 새고, 구멍 나고, 먼지가 가득 쌓여 있다. 그러니 작은 방 안을 치우는 것처럼 마음도 자주 들여다보고, 가끔은 대청소도 해 줘야 하지 않겠는가. 치워 주지 않으면 계속 쌓이는 것이 당연하고, 보수해 주지 않고 방치하면 고장 나기 마련이다. 마음의 크고 작은 문제들을 방치하고 삶을 살아간다면, 당장은 티가 나지 않을 수 있지만 분명 어느 한 부분이 고장 나 얼마 가지 못한 채 꼬꾸라져 넘어지고 말 것이다. 그러니 마음의 방도 내가 살고 있는 공간처럼 닦고 치워 주며 아늑하게 가꿔 주자. 자주 들여다봐 주고, 아픈 곳이 있다면 약도 발라 주고, 구멍 난 곳이 있다면 더 커지지 않게 막아도 주자. 그래야 당신이 아프지 않을 수 있고, 마음 편안히 삶에 집중할 수 있다. 그래야 넘어지더라도 크게 다치지 않을 수 있고, 마음이란 공간을 집처럼 사랑해 줄 수 있다.

가로등, 다정한 불빛

가로등. 어두운 길에 빛을 비춰 주는 가로등은 참 다정하다. 떠도는 벌레들에게도, 집을 지을 곳이 필요한 거미들에게도, 술에 취한 사람들에게도, 손을 잡고 거리를 거니는 연인들에게도, 홀로 사유하며 걷는 사람들에게도 공평하고 따뜻하게 빛을 내려 주기 때문이다. 항상 제자리에 서서 지나가는 사람들의 푸념과, 이야기들, 계절의 변화, 내리쬐는 햇살, 차가운 빗방울, 눈 덮인 세상을 바라보는 시선이 만약 감정을 품고 있다면 어떤 깊이를 가지고 있을까 궁금하다. 모두를 묵묵히 지켜보며 자리를 지키는 것만큼 어려운 일이 또 없을 테니 말이다. 나는 그런 깊이를 담고 싶다. 다정하지만, 깊고, 추위와 바람이 날 덮쳐도 쓰러지지 않는 그런 굳음을 내 안에 담고 싶다.

개화

개화. 대부분의 사람들이 '개화'라는 단어를 마주하면 꽃이 만개한 모습을 떠올린다. 하지만, 나는 이 글에서 만개한 꽃의 모습을 다루기보단, 개화하기까지의 과정 속에서 꽃이 인내하는 시간의 가치를 다뤄 보려한다. 사람을 씨앗에 비유해 이야기해 보자면, 모두 자기 자신이 씨앗일 때부터 밝게 개화한 꽃만을 꿈꾼다. 당연한 일이다. 예쁘고, 향기 나고, 모두에게 주목받는 꽃은 누구든 되고 싶을 것이니 말이다. 하지만, 들판에서 시간이 흐름에 따라 자연스레 피어나는 꽃들과는 다르게 한 사람이 자신의 잎을 펼치기까지는 상당히 오랜시간과 노력이 들어가야 한다. 답답함 속에서 인내하고, 그 안에서 개화하기를 포기하고, 주저앉고, 울부짖음의 무한 반복을 거쳐 스스로 마음을 단단히 만든 후에야 잎을 하나씩 펼칠 수 있다는 말이다. 그도 그럴 게 손으로 뚝 따 집에 꽂아 둘 수 있는 작은 꽃이 만개하기까지도 빠르면 몇 개월, 길게는 몇 년이 걸린다. 그러니 당연지사 꽃의 몇 배 크기로 살아가고 있는 우리의 개화는 더 오래 걸릴 수밖에 없다. 더군다나 한 사람이 빛을 보기까지의 기간을 정의할 수도 없으니 말이다. 또, 가만히 있어도 필요한 양분을 자연에서 받는 꽃과는 다르게 우리는 우리 자신에게 필요한 양분을 스스로 보충해 주려 노력해야만 한다. 억울하다 이야기할 수 있고, 어렵다 투정 부릴 수도 있다. 하지만, 인내의 시간을 버티지 않고, 그 속에서 얻을 수 있는 교훈들을 힘들다는 이유로 외면하고 운 좋게 원하는 것을 얻는다면 과연 얻은 것들을 유지할 수 있는 힘이 당신에게 있을까. 얻은 것에 감사하며 살아갈 겸손함과 또다시 새로운 도전 속에 버틸 수 있는 힘이 과연 있을까. 운 좋게 얻어 낸 성취 앞에서 거만해지지 않을 수 있을까. 당당할 수 있을까. 만개한 꽃의 모습도 중요하지만, 꽃은 다시 지기도 한다는 걸 잊어서는 안 된다. 우리 삶은 다시 새롭게 꽃을 피우며 살아가는 무한 굴레라는 것을 잊어서는 안 된다는 말이다.

묵묵히 자신의 자리에서 많은 고통을 받아 내고, 이겨 내고, 감내해야, 운 좋게 기회를 얻어 꽃 한 송이 피운 걸로 만족하는 삶이 아닌, 자신의 힘으로 여러 개의 꽃을 가득 피워 정원 속에 살아가는 삶을 누릴 수 있다. 초점은 만개한 꽃이 아니라, 꽃이 피기까지의 과정이 되어야 한다. 그 시간 속의 쓰린 배움이 진정한 삶의 양분이 되어 준다는 것을 알아야 한다. 인내의 시간이 내게 귀한 보물이 되어 준다는 것을 스스로가 알고 있어야 한다. 그래야 활짝 핀 꽃 앞에서도 당당할 수 있다. 그것을 잊지 말고 살아가자.

나는, 당신은 혼자가 아니다

나는 혼자가 아니다. 내겐 나도 있고, 주위의 사람들도 있고, 세상도 있다. 당신도 혼자가 아니다. 당신에겐 당신도 있고, 주위의 사람들도 있고, 세상도 있다. 책을 전부 읽어 준 당신이 마지막으로 가져가 주었으면 하는 마음이 하나 있다면, 주저앉는 사람들이 많이 보이는 세상이지만, 그럼에도 다시 일어나 삶을 살아가는 사람이 여기 또 있으니 어떤 시련이 당신을 덮어도, 어떤 아픔이 살을 파고 들어와 주저앉히려 해도, 그런 고통 속에 일어나는 사람이 분명 있었다며 이 책을 떠올려 주었으면 한다. '이리 살아가는 게 나쁜이 아니구나.' 하고 위안을 얻어 많은 고비 속에서 다시 일어날 힘을 가져가 주었으면 한다. 그리고 때론 세상에게 기대, 내가 그랬던 것처럼 당신도 많은 의미를 부여하고, 속에 얹힌 것들을 덜어 내고, 사유하며, 넓은 세상을 배경으로 되도록 자유롭게 살아가 주었으면 좋겠다. 당신이 아무리 독특한 생각을 하고, 말도 안 되는 상상을 해도, 난 지지 않을 자신이 있으니 말이다.

모든 건 어느 날 갑자기 이루어지고, 어느 날 갑자기 떠오르고, 어느 날 갑자기 깨닫게 된다. 내가 지하철 안에서 풍경을 바라보며 갑자기 세상에 눈을 뜨게 된 것처럼, 하얀 나비를 보고 행복을 떠올린 것처럼, 카페 안에서 남녀의 뒷모습을 바라보며 작은 아름다움의 소중함을 느끼게 된 것처럼, 고향 냄새를 알게 된 것처럼, 계절을 나의 숨구멍으로 여기게 된 것처럼, 개화에 깊은 의미를 부여하게 된 것처럼 말이다. 모든 것들은 알게 모르게 조용히 다가와 갑자기 모습을 드러낸다. 그러니 너무 조급해하지 않았으면 좋겠다. 조그마한 여유를 마음속에 넣어 천천히 삶을 유영하듯 살다 보면 분명 당신에게도 많은 것들이 조용히 다가와 갑자기 모습을 드러낼 것이 분명하니 말이다. 그러니 우리 각자의 자리에서 혼자가 아닌 존재로 존재하며 묵묵히 삶을 살아 내

자. 묵묵하지 못할 것 같은 날엔 기대도 되니 그럼에도 살아 내자. 당신은 혼자가 아니다. 그 사실을 잊지 말자.

잘하고 싶어서 애쓰는 너에게

1판 1쇄 펴낸날 2024년 5월 17일

지은이 한예지

책만듦이 김미정
책꾸밈이 디자인나울

펴낸곳 채륜서 **펴낸이** 서채윤
신고 2011년 9월 5일(제2011-43호)
주소 서울시 광진구 자양로 214, 2층(구의동)
대표전화 1811.1488 **팩스** 02.6442.9442
book@chaeryun.com www.chaeryun.com

책값은 뒤표지에 있습니다.
ISBN 979-11-85401-81-2 03810